Tucholsky Wagner Zola Scott Sydow Freud Schlegel
Turgenev Wallace Fonatne
Twain Walther von der Vogelweide Fouqué Friedrich II. von Preußen
Weber Freiligrath
Kant Ernst Frey
Fechner Fichte Weiße Rose von Fallersleben Richthofen Frommel
Hölderlin
Engels Fielding Eichendorff Tacitus Dumas
Fehrs Faber Flaubert
Eliasberg Ebner Eschenbach
Feuerbach Maximilian I. von Habsburg Fock Zweig
Ewald Eliot Vergil
Goethe Elisabeth von Österreich London
Mendelssohn Balzac Shakespeare Dostojewski Ganghofer
Trackl Lichtenberg Rathenau Doyle Gjellerup
Stevenson Hambruch
Mommsen Tolstoi Lenz Hanrieder Droste-Hülshoff
Thoma
Dach Verne von Arnim Hägele Hauff Humboldt
Karrillon Reuter Rousseau Hagen Hauptmann Gautier
Garschin
Defoe Hebbel Baudelaire
Damaschke Descartes
Hegel Kussmaul Herder
Wolfram von Eschenbach Dickens Schopenhauer Rilke George
Darwin Melville Grimm Jerome
Bronner Bebel Proust
Campe Horváth Aristoteles
Bismarck Vigny Barlach Voltaire Federer Herodot
Gengenbach Heine
Storm Casanova Tersteegen Gilm Grillparzer Georgy
Lessing Langbein Gryphius
Chamberlain
Brentano Lafontaine
Strachwitz Claudius Schiller Kralik Iffland Sokrates
Bellamy Schilling
Katharina II. von Rußland Gerstäcker Raabe Gibbon Tschechow
Löns Hesse Hoffmann Gogol Wilde Gleim Vulpius
Luther Heym Hofmannsthal Klee Hölty Morgenstern Goedicke
Roth Kleist
Luxemburg Heyse Klopstock Puschkin Homer Mörike
La Roche Horaz Musil
Machiavelli Kierkegaard Kraft Kraus
Navarra Aurel Musset Moltke
Lamprecht Kind Kirchhoff Hugo
Nestroy Marie de France
Laotse Ipsen Liebknecht
Nietzsche Nansen Ringelnatz
Marx Lassalle Gorki Klett Leibniz
von Ossietzky May vom Stein Lawrence Irving
Petalozzi Knigge
Platon Pückler Michelangelo Kafka
Sachs Poe Liebermann Kock
Korolenko
de Sade Praetorius Mistral Zetkin

Der Verlag tredition aus Hamburg veröffentlicht in der Reihe **TREDITION CLASSICS** Werke aus mehr als zwei Jahrtausenden. Diese waren zu einem Großteil vergriffen oder nur noch antiquarisch erhältlich.

Symbolfigur für **TREDITION CLASSICS** ist Johannes Gutenberg (1400 — 1468), der Erfinder des Buchdrucks mit Metalllettern und der Druckerpresse.

Mit der Buchreihe **TREDITION CLASSICS** verfolgt tredition das Ziel, tausende Klassiker der Weltliteratur verschiedener Sprachen wieder als gedruckte Bücher aufzulegen – und das weltweit!

Die Buchreihe dient zur Bewahrung der Literatur und Förderung der Kultur. Sie trägt so dazu bei, dass viele tausend Werke nicht in Vergessenheit geraten.

L'Africana

Roman

Theodor Däubler

Impressum

Autor: Theodor Däubler
Umschlagkonzept: toepferschumann, Berlin

Verlag: tredition GmbH, Hamburg
ISBN: 978-3-8424-0654-4
Printed in Germany

Rechtlicher Hinweis:
Alle Werke sind nach unserem besten Wissen gemeinfrei und unterliegen damit nicht mehr dem Urheberrecht.

Ziel der TREDITION CLASSICS ist es, tausende deutsch- und fremdsprachige Klassiker wieder in Buchform verfügbar zu machen. Die Werke wurden eingescannt und digitalisiert. Dadurch können etwaige Fehler nicht komplett ausgeschlossen werden. Unsere Kooperationspartner und wir von tredition versuchen, die Werke bestmöglich zu bearbeiten. Sollten Sie trotzdem einen Fehler finden, bitten wir diesen zu entschuldigen. Die Rechtschreibung der Originalausgabe wurde unverändert übernommen. Daher können sich hinsichtlich der Schreibweise Widersprüche zu der heutigen Rechtschreibung ergeben.

Text der Originalausgabe

Theodor Däubler

L'Africana

Roman

Horen-Verlag, Berlin-Grunewald, 1928

Als zwölfjähriges Mädchen ist die liebliche Fatime mit ihren Eltern aus nubischer Heimat nach Kairo gekommen. Bei reichen Levantinern, deren Umgangssprache Französisch war, sind Vater und Mutter als Dienstboten angestellt worden: Fatime durfte bei ihnen bleiben. Voll Traurigkeit dachte die Familie an Nubien; ernst und dem Willen Allahs ergeben, besorgten Mann und Frau nun Arbeit für fremde Menschen. Sie hatten ein kleines Gut unterhalb Korosko am Nil besessen. Dattelpalme und Dumpalme spendeten dort den bescheidenen Leuten im trauten Anwesen Schatten und Nahrung. Auf weicher Böschung saß Fatimes Vater und fischte im großen Strom, ohne daß die Sonne ihm lästig zu werden brauchte, so weit überwedelten stolze Pflanzen des Nilbereiches die sanften Hänge der arabischen Wüste. Oft gab es allerdings mühsame Arbeit: Beinahe nackt in Afrikas Glut, schöpfte er dann Nil-Naß, daß es in kleiner Rinne zu seinem Bruder gelänge, der es nochmals mit schwerem Schöpfeimer höher emporzog, bis es des Feldes und Gartens Weite erreichte, durchrieseln konnte. Da aber brachte das Wasser Bananen Labung, wurde es Bohnen und Tomaten Nahrung und verschenkte sich als Frische. Vater und Onkel Fatimes halfen einander in angrenzenden Grundstücken. Der Staudamm von Assuan wurde gebaut, nach einigen Jahren noch erhöht: Bis Korosko reichte der künstliche Nilsee, das Gebiet blieb monatelang überschwemmt, der Boden wurde von den finstern Fluten derart aufgewühlt, daß die Wurzeln der Palmen keinen Halt behielten, dem Sturm zum Opfer fallen mußten. Nachdem der letzte hohe Baum niedergebrochen war, mit seinen einst ertragreichen Fächern im Nil lag, verließen auch diese Nubier, beinahe als letzte, ihren Heimatboden. Nun war die Wüste bis zum Strom gelangt. Nachts bellten und winselten hungrige Schakale um die verlassenen Stätten ausgezogener, armer Menschen. Bald werden nun Hütten und Häuser Ruinen sein, die der Wüstensand begraben mag, daß man von ihnen keine Spuren mehr wird finden können. Der Familie Unheil sollte gutgemacht werden, die Gesellschaft des Staudammes hatte Ersatz geleistet. So hoffte man mit einigem Geld in Kairo ein neues Dasein gründen zu können; vor allem sind aber Nubier Dienstboten, im Haushalt andrer ausgezeichnet zu benutzen. Kaum war die Fahrt stromabwärts zu Ende, als Fatimes Eltern auch sofort Stellung fanden.

Kairo hatte dem Mädchen einen heitern Eindruck gemacht. Gesang zur Drehorgel ist ihr höchstes Erlebnis gewesen. Nächtliche Flötenbläser in dunklen Ecken zogen sie an, hielten ihr musikalisches Wesen in Bann. Oft tanzten Schlangen dazu. Einmal begann auch Fatime auf der Straße mitzuhüpfen. Schon vor Kairo hatte sich ihre Freude an den Pflanzen, den reifenden Bananen, dann Wehmut um die geopferten Palmen in rauhem, aber oftmals süß durchklungenem Tanzgesang aufgelöst. Auf der Felluche sang Fatime immer wieder. Störche, Pelikane, Enten und Gänse in ungeheurer Zahl auf immer neuen Nilbänken gefielen ihr, eiferten sie zu Freudenergüssen durch die Kehle an. Ein seltsames Ding, unsre Tochter! mochten sich Vater und Mutter gedacht haben. Nachts mußte die Felluche oft die Segel beisetzen, verankert im Strom liegen bleiben, weil der niedere Wasserstand des Niles keine Schiffahrt durch Finsternis zuließ. Zwei große Lichter wurden dann am Heck angebracht, und Fatime freute sich über ihre Spiegelungen in den Fluten: Sie mochte an ein Paar Riesenohrbehänge, das als hin- und herbaumelnde Goldsichel um den schwarzen Schiffsrumpf auf- und wegglänzte, denken. Die Felluche hatte ihr nämlich einen wirklichen Gesichtsausdruck angenommen. Einmal träumte dem Mädchen sogar, es hopse selbst – zu einem Floh geworden – auf dem dahin segelnden Kopf des Niles umher. Dabei schien ihm der Fluß bloß des abenteuerlichen Hauptes ungeheuerlich langes Grünseidenkleid mit unendlicher Silberschleppe zu sein. Auf der Seite, wo Korosko liegt, stiegen Vater und Schiffer zur Abendstunde, wenn der Tag sich zu dahinschmelzendem Gold verwandelt hatte, aus, um weißgekleidet auf roten Teppichen ihr Gebet, nach Mekka gerichtet, Allah darzubringen. Auf der andern Seite, wo die zertrümmerten Heidentempel des alten Ägypten noch aus dem Wüstensand emporstarrten, wollten die Schiffsleute aus Aberglauben – Angst vor bösem Spuk – niemals anlegen; doch schon in der zweiten Nacht der Reise wurde die Felluche durch eine Strömung zwischen Sandbänken stark dem westlichen Ufer zugetrieben, und die Schiffer sahen sich nun dort zu landen veranlaßt. Fatime entwich ohne ihre Eltern, die sich mit den Fahrtgenossen ziemlich aufgeregt unterhielten, ob man sich im Lauf der Nacht abermals dem Strom, der das Schiff gar heftig gegen den Strand gepreßt hatte, würde anvertrauen können. Nach einigen Schritten befand sich das Mädchen in der Wüste – allein. Also sie war geflohen! Eine Flucht zu erleben, bestürzte sie; vielleicht weil sie Vorahnungen, möglicherweise sogar Urerinnerungen, in Verbindung mit diesem, ihr neuen Gefühl empfand. Sie hüpfte weiter, kam vor einen Steinmann, der eine spitze Krone trug und mit seinem Löwenleib – wie sie bei aufgehendem Halbmond merkte – aus dem Sand hervorragte. Der ungewohnte Anblick erschreckte sie aber keineswegs; und als Fatime noch viele solcher Standbilder wahrnahm, rieb sie sich die Augen, denn sie wähnte zu träumen. Verdopplungen, gar Vielfältigkeiten einer Erscheinung mochte sie bis dahin bloß im Traum wahrgenommen haben! Eigentlich nur einmal bei Fiebern! Doch diesmal befand sie sich tatsächlich in einer Allee gleichartiger Sphinxe. Nun entsann sie sich: Damals, als sie krank gewesen war, ist sie plötzlich in einen finstern Raum gelaufen, ohne daß sie Gruseln erfaßt hätte. Nun erspähte sie ... dort vor sich – und deutlich ... nochmals eine Pforte. Sie trat entschlossen, wie dereinst, ein. Nun befremdeten sie aber schwer übersehbare, finstere Säulen: so etwas hatte sie niemals geschaut. Fatime befand sich im Innern des Tempels im Löwental – Wadi Sebua. Ein schwarzes Etwas über ihr machte Geräusch, bewegte sich ... kaum erkundbar ... wo unter der Decke des unheimlichen Raumes. Unversehens sauste das Ding nieder. Fatime hob es auf: Warm fühlte es sich in ihrer Hand an – gurrte. Ach, eine Wildtaube! wußte sie erschreckt und zugleich erfreut. Sie lief mit dem Tier fort: Wohin? dem Mond zu. Das war auch richtig. Steil über dem Nil glänzte das silberne Gestirn, darunter lag gespenstig auf dem Wasser des Stromes beweglicher Kopf, zwischen dessen Masten sie wohnte: Perlengeschmeide umzüngelten ihn in lohender Herrlichkeit. Dorthin raste nun Fatime, mit ihrem zuckenden Tier in der Hand, durch den

Sand zurück. Bei den Ihren angelangt, tat sie, als ob sie nur, nach Schildkröten suchend, das Ufer entlang, herumgegangen wäre. Man hatte sie kaum vermißt, so wurde sie auch nicht gescholten, doch die Mutter mahnte sie nunmehr zur Ruhe. Die Wildtaube wollte man ihr abnehmen, um sie zu braten; doch Fatime lieferte ihren lebendigen Fund, dessen Herz arg klopfte, nicht aus. Als das Tier am nächsten Morgen tot neben ihr lag, warf sie es rechtzeitig in den Nil, sonst wäre es wohl verspeist worden. In jeder folgenden Nacht blickte Fatime zu den wirklichen Fischen in den regsamen Fluten, die der Felluche Lichter anlockten, und auch zu den lieben Goldschlangen, die bei Sternenschein, in großer Zahl aus dem Nil emporgeringelt, in ihre Nähe kamen. Es war dann einmal gegen Abend, als die Felluche in Kairo ankam ... da begeisterten Fatime vor allem große Goldketten, die aus der Stadt in den finstern Strom niederglitzerten.

In Kairo mußte Fatime für die Herrschaft einholen. Um die Markthallen hörte sie auch spielen, afrikanisch singen. Affen machten dazu die Bewegungen, Papageien die Laute gaukelnder oder gaffender Anwesender nach. Oft wurde ein Elefant, fast täglich eine Menge Dromedare durchs Gedränge in den engen Gassen geführt. Ein junger, hübscher, doch einäugiger Araber, der des Mädchens begeistertes Lauschen bei seinem Spiel wohl einigemal bemerkt hatte, lud eines Tages das Kind ein, zu seinen Eltern in die Wohnung zu kommen – dort blase er eine noch wohler tönende Flöte. Fatime glaubte ihm, schlich mit dem Jungen durch enge Gassen, fühlte sich aber plötzlich benommen und entwischte ihrem Führer aus dem Innern der großen Stadt. Dann bat sie ihre Mutter, sie möge sie nimmer allein nach Fischen und Obst senden. Von nun an gingen die Eltern mit dem Kind an Stätten, wo es Klang und Tanz gab. Herrliche, heilige Freitag-Nachmittage konnte nunmehr das reizvolle Mädchen in schattigen Gärten am Rand der Sahara erleben. Den Tag der Toten verbrachte die Familie bei den Gräbern der Mamelucken. Zwischen den Kapellen der Verstorbenen drehten sich unaufhörlich buntbewimpelte, nachts überdies grell erleuchtete Ringelspiele. Stundenlang unterhielt sich die junge Nubierin mit kecken arabischen und dunklen Rangen spielend auf dieser fast europäischen Kirmes. Die Erwachsenen verbrachten, ohne auf ihrer Sprossen Unfug zu achten, die vorgeschriebene Zeit bei Verrichtung von Gebeten. Bettelstudenten der Koran-Hochschule sagten Suren her, sammelten dann Almosen ein, die in die eignen Taschen oder in Lederbeutel noch bedürftigerer Glaubensgenossen flossen. Die Wochen verbrachte dann Fatime in Erinnerung an sonnige Gefühle, voll Hoffnung auf das Kommende; einmal sang Fatime vor Fremden, sprang selbst am Nilstrand dazu. Alle Anwesenden klatschten. Warum soll unsere Tochter keine Sängerin werden? dachten ihre Ernährer: Vielleicht würde sie ein Lehrer, ohne sofortige Bezahlung oder für wenig Entgelt, unterrichten, wünschten zuversichtlich, nach einer Aussprache über die Absichten des Vaters, beide Eltern. Den levantinischen Brotgebern wurde der Plan vorgelegt: der Herr sagte bloß, sie ist nett und hübsch. Einige Wochen später meinte er, Fatime dürfe ihn zu einem italienischen Sänger begleiten, es sollte des Mädchens Stimme geprüft werden.

Der genuesische Stimmbildner war überrascht: Das Mädchen hatte feines Gehör. Ihr starker Mezzo-Sopran schien ihm bestimmt herausbildbar. Schade, fügte er hinzu, zur Oper taugt sie, der Hautfarbe nach, keineswegs; es gibt für sie bloß eine Rolle: Die Afrikanerin.

Durch ihren Lehrer gelangte Fatime ins Opernhaus. Zwei Schülerinnen des Gesangs wurden von ihrem Meister, Umaleri, Karten zu einer Aufführung der Aida verschafft. Die Mädchen waren entzückt. Gar wenig verstanden beide von europäischer Opernmusik, vom Theater überhaupt. Fatime erhorchte aber einige Melodien; das andere Mädchen jedoch, eine vierzehnjährige Araberin, hatte bloß Augen für den Aufwand der Theaterleute und Opernbesucher. Es war im Januar, wenn es in Kairo kalte Nächte und sogar frische Tage gibt. Alle Reichen der Stadt schienen im Theater versammelt zu sein: Im Parterre saßen Damen in herrlichen Pelzen aus Sibirien, Skandinavien und Amerika. Das waren meistens Christinnen oder Jüdinnen. In den Logen gewahrten sie Damen mit pelzverbrämtem Décolleté. Überall schimmerten Prachtstücke der Juwelierkunst. Die großen Damen der Haremswelt blieben ihnen jedoch, hinter dichten Vergitterungen der Moslem-Logen im Parterre oder ersten Rang unsichtbar. Wie glücklich fühlten sich die Mädchen in ihrer Welt des Singens! Fatime sagte sich: Ich werde Opernkünstlerin werden, kann ich als dunkles Mädchen doch auch die Aida spielen. Das Geheimnis der Liebe, einer Aufopferung um sie, ging der jungen

Nubierin auf. Ihr Nachsinnen über solche Dinge sollte sie nunmehr gar nicht los werden! Nach der Aufführung trafen die Mädchen ihre Väter, die die glückstrahlenden Töchter abholten, sofort nach Hause brachten.

Fatime fand keinen Augenblick Schlaf. Sie glaubte, der Mann im Mond liebte sie. Das hocherfreute Mädchen hatte sich in sein Silber vergafft. Stundenlang konnte es dem Gestirn von ihrem Altan aus ins Antlitz blicken. Auch machte Fatime, mit ihren putzigen Händen, der strahlenden Weltperle zu Griffe und kokette Bewegungen. Es dünkte ihr: Sie empfänge von hoch dort oben glitzernde Schnüre, erfreuliche Begrüßungen in Form von Geschmeiden, mit denen sie Hals und Arme, wie es vor dem Theater reiche Damen und berühmte Sängerinnen tun können, schmücken durfte. Fernher säuselten Musikklänge im Nachtwind. Gegen Morgen verschwand der Mond hinter einer Moschee: Fatime aber guckte noch unverwandt nach dem silberumsäumten Gotteshaus mit wohlbemessenem Minaret. Um Tagesgrauen schlummerte sie ein. Ohne Ermüdung stand Fatime zu gewöhnlicher Stunde auf. Ihr Benehmen blieb unauffällig, doch blitzten die Augen heller; sie allein wußte das, die Eltern hatten es nicht bemerkt. Am nächsten Tage hatte Fatime Gesangsstunde. Der Lehrer mußte erstaunen. Viel mochte das Mädchen durch die Opernaufführung gelernt haben! Der Versuch wurde gemacht, sie nochmals ins Theater zu bringen: Der Gesanglehrer ging selbst mit, nahm die Schülerin auf guten Platz. Gesungen wurde Carmen. Fatime schien besessen: Sie haßte Carmen, weil sie wohl Zigeunerin, doch keine Dunkle war; aber den Liebeszauber verstand sie, obwohl des Italienischen unkundig, genau. Plötzlich sagte sie dem Lehrer: »Stark gepudert, mit gefärbten Lippen, kann ich Carmen ebensogut wie Aida und die Afrikanerin singen.«

Der Angesprochene stutzte, erwiderte dann: »Wenn du dich weiß anstreichst, auch das Gretchen im Faust.«

Von nun an hatte Fatime im Meister nur noch den Spötter gesehn. Ihr Vertrauen zu ihm war geschwunden. Doch an dem Abend bezwang sie ihren Groll: Obschon eigentlich eine Wilde, wußte sich das Mädchen zu bezähmen.

»Singt mir aus der Afrikanerin vor, spielt mir die Partitur!« bat Fatime während der nächsten Stunde ihren Lehrer.

Er tat es; gern bearbeitete der Genuese sein tönendes Instrument im Sinne Meyerbeers und trillerte oft in der Fistel die Hauptarien dazu. Die junge Nubierin war hingerissen, zeigte nochmals ihre musikalische Begabung, indem sie gut mitkonnte, selbständig, ohne Worte, in sich Gesang zum Abenteuer um Vasco da Gama fand. Überdies konnte sich das Mädchen bereits im Italienischen und Französischen etwas ausdrücken. Italienisch, als die Sprache ihrer künftigen Kunst, liebte sie am innigsten. Der Genuese war so überrascht, daß er sie am Abend, vor Begeisterung, abermals in die Oper mitnahm. Gesungen wurde der Troubadour: Diesmal ist Fatimes Enttäuschung groß gewesen. Die helle Eleonore mochte sie nicht fassen. So entging ihr auch die Musik; traurig ließ sie sich vom Vater, der sein Kind wie üblich abholte, nach Hause begleiten. Das war also auch keine Rolle für sie! Die ganze Nacht schluchzte Fatime zwischen den Kissen. Erst gegen Morgen, als der Halbmond hoch am Himmel stand, träumte ihr von einem näselnden und tänzelnden Europäer, der mit klingenden Sporen über die Dächer bis zu ihrem Altan gelangt war. Weiße Seidenschnüre hielten ihn, den hellen Mann mit blankem Helm, blondem Schnurrbart, ans Theater geknüpft. Sie haßte ihn, sie die dunkle Einsame. Es gelang dem Galan, klirrend ins Zimmer zu treten: Fatime schrie auf, packte ein Kissen, warf es gegen den Eindringling. Diese Wirklichkeit hatte sie aber bereits dem Schlummer entrissen, denn nun gewahrte sie, wach und klarblickend, bloß Silbertücher, weiße Seidendecken, die herumlagen. Einen Augenblick dachte sie an Geschenke. Die Glastür hatte der Wind bestimmt aufgedrückt.

Von nun an wurde das Studium mit Verbissenheit fortgeführt: Beinahe hatte der eine Abend Fatime um ihre Lebensfreude gebracht. Noch viele Opern sollte sie in den nächsten zwei Jahren zu sehen bekommen. Keine, außer Aida, befriedigte sie. In jede Aufführung des Verdi-Werkes nahm sie der Lehrer mit. Er wußte ja, wie es um die Schülerin stand. Sie hatte ihm seinen Hohn von damals nicht vergeben können: Er aber suchte, durch Liebe beim Unterricht, eingestreute Schmeichelbezeichnungen ihres Wesens, des Mädchens Herz wiederzugewinnen. Doch vermochte die eigensinnige Fatime nicht, ihr Mißtrauen zu bezwingen. Der Genuese kam Fatime oft dunkler vor, als sie selber war; drum graute ihr vor seiner Nähe. Wenn jemand sang, so erschien er ihr hellhaarig: Sie selbst fühlte sich beim Unterricht Europäerin, der pedantische Lehrmeister, in seiner Funktion, tat sich ihr schwarz auf, wie ja sein Haupthaar und Spitzbart, von Natur aus, ohnedies ausgefallen waren. Man umging sich als Mensch – beide, Lehrer und Schülerin – der schönen Begabung der Nubierin wegen.

Beinahe fünfzehnjährig, war Fatime eine ausgereifte Jungfrau geworden: nun sprach sie geläufig Italienisch und Französisch, die Stimmausbildung konnte beinahe als gelungen angesehen werden. Fatime sang auch probeweise im Chor der Aida. Es ging ausgezeichnet, sie sang nochmals, immer wieder im Chor der Aida – verdiente ein gutes Taschengeld. Dem Genuesen wurde klar: Er hatte – trotz langjährigen Sträubens – nunmehr ein Auge auf seine Schülerin geworfen. Durch ihre Liebe hoffte nun der alternde Geck auf Entgelt für alle seine Mühen als Lehrer: Verdienen konnte ja das dunkle Mädchen niemals viel. Sie schien sich bloß zur Oper zu eignen: Vom Varieté wollte sie keinesfalls etwas hören. Auch vom arabischen Theater durchaus nichts. Die Eltern wollten Fatime dazu bewegen; schon aus Stolz sollte sie das tun, um bald ihren Verpflichtungen dem Lehrer gegenüber nachkommen zu können. Was die Herrschaft beigesteuert hätte, wäre doch wenig gewesen!

Niemals hätte der bekannte Stimmbildner die dreißig Jahre jüngere Nubierin geheiratet: So eine lächerliche Handlung konnte überhaupt nicht erwogen werden. Aber er hatte Wohlgefallen an Fatime, dachte, ein Recht auf ihre Gunst erworben zu haben. Sie wird sich weigern – mußte er sich sagen – doch die eignen Eltern werden sie zum entscheidenden Schritt ins Leben, in die Öffentlichkeit, bewegen! Nubier haben keine europäischen Vorurteile. Trotzdem wagte er es nicht, seine Ansprüche geltend zu machen.

Eines Tages war der Gesanglehrer verstimmt, er gab vor, unpäßlich zu sein: Die Stunde sollte unterbleiben. Fatime zog wieder den Mantel an, setzte die Wintermütze auf, um sich auf die Strümpfe zu machen. »Im Gegenteil!« forderte sie der Lehrer mit bebenden, gestotterten Silben auf: »Bleibe!«

Der Nubierin Augen funkelten: »Wozu?«

»Bleibe, sage ich!« befahl nun der Genuese: »Bleibe bei mir, eine Stunde, zwei, den Tag, die Nacht, das ganze Leben, über den Tod!«

»Ihr könnt mich niemals heiraten, auch könnte ich in Euch keinen Gatten sehn!« antwortete Fatime.

»Und den Geliebten?« warf der Lehrer rasch ein.

»Unverschämter!« rief die in Versuchung Geführte und eilte zur Tür.

Er war aber sehr flink, faßte sie bei der Hand, verwickelte das bestürzte Mädchen in die Portiere, so daß es seinen Arm nicht frei halten konnte, drückte Fatime einen Kuß auf die Lippen.

»Feigling!« rief sie, »erst schmiere mich weiß an!« – Sie versuchte, sich den Samtumarmungen der Gardine zu entringen, aus den Umhalsungen des Genuesen loszukommen.

Zurückgeschleudert, sah sich der Unternehmungslustige verachtet: »Und deine Schuld?« kreischte er.

Die Türe hatte Fatime bereits zugeschlagen. Sie trennte die beiden. Fatime lief dem Haus, wo ihre Eltern wohnten, zu. Auf einmal entschied sie sich anders. Das gibt kleinliche Auseinandersetzungen. ›Ich fliehe!‹ wurde ihr Entschluß. Wie damals, im Tempel, auf der Nilreise, erlebte sie das Ereignis Flucht als eine Notwendigkeit, die sie wollüstig um ihren Körper geschmiegt fühlte. Nicht in ihr, um die Haut herum, empfand das Mädchen den erfreulichen Zwang, die ersehnte Bändigung durch etwas anderes als Brauch und Gewohnheit. Die Eltern fort, beide; der dreiste, dumme Lehrer weit weg: welch ein glückliches Erlebnis! Eine dunkle Wolke trug sie also weiter, ungeheuer schnell, sie sollte bald Samt erträumter Gewandumarmungen werden, schon glaubte die Nubierin das Décolleté, das sie sich schaffen konnte, wie eine Umhalsung seidiger Kühle empfinden zu dürfen. Kein Jüngling, kein Kavalier ihrer Vorstellung, der Jubel übers auszeichnende Gewand schien Fatime dem unbekannt Abenteuerlichen entgegen zu beschwingen. Sie lief dem Bahnhof zu: In einer Stunde, erfuhr sie dort, geht ein Zug nach Alexandria. Sie zählte ihr Geld: es reichte zu einer Fahrt dritter Klasse. Und die Eltern? Rasch ein Telegramm – es lautete: ›Singe heute abend im Chor, Cecinatheater, Alexandria.‹ Daß sie auch in

Alexandria singen sollte, davon war schon die Rede gewesen; es konnte also glaubwürdig erscheinen. Ohne Gepäck fuhr Fatime ab.

In Ägyptens alter und riesenmächtiger Handelsstadt angelangt, wurde das Mädchen von Angst erfaßt. Schon war es dunkel. Wohin in der fremden Stadt eilen? Beherzt fragte sie einen Lastträger nach dem Cecinatheater. Er beschrieb ihr die Richtung. Sie gab ein kleines Trinkgeld und lief auf gut Glück los. Überraschend schnell fand sie das Theater. Zwei Plakate hingen davor: Was wird man geben? Nun muß doch in Alexandria auch Opernsaison sein. Also was stand auf den roten Papieren rechts und links von den Eingängen? Fatime traute ihren Blicken nicht, sie wollte ihnen nicht trauen, da stand es schwarz auf rot: Il Trovatore. Die Oper, die sie haßte. Das Mädchen zitterte, klammerte sich an einen Laternenpfahl, dann lief es doch hin. An jenem Abend gab es keine Aufführung. Also erst nach zwei Tagen wird der Trovatore gespielt, und dann, sie blickte weiter, nochmals zwei Tage später, abermals der Trovatore. Wird nichts anderes gespielt werden? Nach den Plakaten war sonst keine Ankündigung zu entdecken. Das Haus ist verschlossen gewesen. Fatime begab sich mit ein paar Piastern in der Tasche ins Innere von Alexandria. Wo die Nacht zubringen? Unbekannt, ohne Gepäck und dunkel von Farbe in eignem Lande, doch unter helleren Menschen! In einem großen Hotel mochte man sie nicht, das wußte sie. Sollte sie sofort an die Eltern telegraphieren? Sie konnte doch sagen, es wäre ein Irrtum, im Cecinatheater gäbe man nicht die Aida. Vor allem galt es, Herrin über die erste Nacht zu werden! Wohl eine Stunde lang lief Fatime durch Alexandria. Sie gelangte ins europäische Viertel. Nun hatte sie den Plan gefaßt, die Nacht im Wartesaal des Bahnhofs zuzubringen, am nächsten Tage dann die Hilfe der Eltern anzurufen. Im Augenblick, wo die Absichten fast eingerenkt waren, ihre Mechanik klar vor die Augen trat, sprang Fatime auf eine Frau zu und sagte ihr etwas. Zugleich erkannte sie, daß die Angesprochene Nubierin war. »Ich bin gerettet!« rief sie aus, »ich bin gerettet, weil ich Sie getroffen habe. Geben Sie mir Unterkunft, ich bin allein in Alexandria!«

Die dunkle, dicke Frau aus Oberägypten lachte, hatte schon beschlossen, ihre Landsmännin keinesfalls im Stich zu lassen: »Für eine Nacht wird es wohl gehen, auch für zwei, drei Nächte, was aber dann mit dir geschieht, weiß ich nicht; ich steh in Diensten bei einer levantinischen Herrschaft.«

»Wollt Ihr dort behilflich sein?« fragte sie das Mädchen.

»Gehn wir darauf los!« antwortete Fatime. »Gehn wir fort von hier. Das übrige wird sich finden, ich will im Cecinatheater auftreten!«

Da erschrak die Nubierin und antwortete: »Nein, das darfst du nicht, übrigens nimmt man keine Nubierinnen; in einem Tingeltangel kannst du springen. Das ist aber schändlich für ein junges Mädchen wie du.«

»Ich bin zur Sängerin ausgebildet worden, ich spreche außer unserm Nubischen auch Kairener Arabisch, Italienisch und Französisch,« warf Fatime ein.

»So komme zu meiner Herrschaft, ich will dich vorstellen, hoffentlich ist man gegen dich wohlwollend,« meinte nun die Ältere.

Eine gute Viertelstunde mußten die zwei Nubierinnen raschen Schrittes ihrem Ziele zu ausschreiten. Dort angelangt, traten sie unter eine hellumleuchtete Markise, mußten aber zur Seite treten – eine Equipage fuhr vor. Erst als ihr ein eleganter Europäer entstiegen war, konnten sie ihm ins Haus folgen. Beide verschwanden auf kleiner Treppe in ein Souterrain.

»Hier wohne ich,« sagte die Alte zur Jungen, »ich kann dir ein Bett zur Verfügung stellen.«

Fatime warf sich, während der Abwesenheit der neuen Freundin, aufs Bett und schlief sofort ein. Als sie erwachte, befand sie sich in ihren Kleidern noch immer auf der gleichen Lagerstatt. Daneben stand ein hartes Bettgestell mit einer Matratze und Kissen. Die Decken darauf waren zerwühlt. Offenbar hatte die Nubierin das ermattete Mädchen schlafen lassen und mit dem rasch hergerichteten Bett vorlieb genommen.

Fatime fühlte sich ausgeruht, wagte es nicht, die Stube zu verlassen oder sich auch nur irgendwie bemerkbar zu machen. Nach einiger Zeit erschien die Nubierin und brachte dem Mädchen ein gutes Frühstück. Sie sah recht freundlich aus, konnte aber eine gewisse Verstimmung nicht verbergen. Als das Mädchen ihren Imbiß zu sich genommen hatte, redete sie die alte Landsmännin an: »Ich will deine Freundin bleiben, leider aber habe ich die Wahrheit erzählt und man will dich nicht im Hause dulden; Choristinnen des Cecinatheaters sind sehr verrufen. Überdies hat der Sohn des Hauses mit einer Ungarin, die dort aufgetreten ist, eine Liebesgeschichte angefangen, die der Familie viele Auslagen verursacht hat. So mußt du das Haus verlassen. Ich aber will für dich sorgen; hier nimm diesen Brief, trage ihn zu einem Araber, den ich wohl kenne, der ein anständiger Mann, Freund dieses Hauses ist.«

Fatime entschloß sich, zu gehen. Sie dankte der Frau für ihre Freundlichkeit und empfahl sich. Im Notfall wollte sie noch ihre Hilfe, ihren Rat in Anspruch nehmen. Auf der Straße angelangt, schlug sie nicht die Richtung ein, die ihr die alte Freundin angegeben hatte, um bei dem Araber ihr Glück zu versuchen, sondern sie begab sich nochmals zum Cecinatheater. Nach etwa einer Stunde hatte sie den unscheinbaren Bau erreicht. Es war ihr diesmal nicht leicht gewesen, den Musentempel des europäischen Alexandria ausfindig zu machen. Dort angelangt fand sie die Türen verschlossen. Es war schon spät, alle Beamten hatten das Theater, der Mittagszeit wegen, verlassen. Erst nach zwei Stunden sollte der Kassierer, möglicherweise der Vizedirektor da sein. Dies hatte man ihr in einem Laden, der sich dem Theater gegenüber befand, mitgeteilt. Fatime bat, dort warten zu dürfen. Das wurde ihr gewährt. Sie bekam sogar ein karges Mittagsmahl. Natürlicherweise wurde das Mädchen von Neugierigen befragt, was sie eigentlich wolle; daß eine Nubierin im Chor singen würde, hielt man für ausgeschlossen. Hier liebte man weiße Mädchen. Meistens Italienerinnen und Griechinnen sind angestellt, erfuhr Fatime zu ihrem Ärger. Nachmittags erschien der Kassierer. Die Nubierin begrüßte ihn, stellte sich ihm vor, nannte den Namen ihres Kairener Lehrers. Dieser, ein Levantiner italienischen Ursprungs, sagte gleich, alle Choristenstellen wären besetzt. Die junge Nubierin aber wollte dennoch warten, bis ein ausschlaggebender Beamter eingetroffen wäre. Der Vizedirektor erschien endlich wirklich und empfing das Mädchen, ohne irgendein Interesse ihren Wünschen entgegenzubringen. Fatime gab ihre Partie noch nicht auf, sie bat, den Direktor erwarten zu dürfen. Der ist schon da, wurde ihr mitgeteilt. In ein Vorzimmer geführt, hörte Fatime im Nebenzimmer eine Diskussion, vermochte es aber nicht, was darinnen verhandelt wurde, zu erfassen. Auch nicht, als sie das Ohr ans Schlüsselloch hielt. Schließlich trat ein dicker, ältlicher Herr mit einem jungen Mann in den Raum, in dem das Mädchen wohl eine Stunde gewartet hatte. Es fing an zu dunkeln. Mit diesem Herrn, offenbar dem Direktor, war also ein jüngerer Europäer erschienen. Die Nubierin merkte, daß sie mit gereizten Blicken angesehen wurde. Sie fühlte des alten Herrn Mißmut über die Gegenwart einer Dunkelfarbigen, spürte aber auch ein für sie unbehagliches Interesse in den Blicken des andern. Der Direktor wies das Mädchen ab; er wollte es nicht prüfen, alle Posten waren besetzt. Fatime schlich sich hinweg. Unten stand ein Wagen, in dem der junge Europäer saß und offenbar auf sie wartete. Er grüßte die Nubierin höflich und fragte, ob sie beim Direktor Erfolg gehabt habe; er wäre dageblieben, um sie dorthin zu bringen, wohin sie zu gelangen verlangte. Fatime nahm übermütig an. Sie sagte die Adresse des Arabers, an den sie die alte Nubierin gewiesen hatte. Fatime saß im Wagen, der junge Herr kutschierte selbst. Ein komisches Bild, ein beinahe lächerlicher Anblick für das Volk von Alexandria. Übrigens hatte der Herr es verstanden, die vielbegangenen Straßen zu vermeiden – und es war ja schon die Nacht hereingebrochen.

In Ramleh, dem berühmten Badeort Ägyptens, der an Alexandria grenzt, wurde Fatime vom Herrn gebeten, auszusteigen. Man war an Ort und Stelle angelangt. Sie dankte sehr höflich.

Er sagte: »Wir sehen uns wieder, ich kenne Fuad, den fanatischen Araber, zu dem ich Sie gebracht habe.«

Ein Nubier in weißen Handschuhen öffnete seiner jungen Landsmännin die Tür, empfing sie, indem er den Brief der alten Nubierin entgegennahm. Stehend wartete das Mädchen ziemlich lange; dann wurde es in ein Zimmer gerufen, in dem ein Araber in mittleren Jahren auf einem europäischen Lehnstuhl saß.

»Du kannst probeweise in meine Dienste treten,« redete er das Mädchen an. »Benimm dich anständig, ich werde alles erfahren, was du tust und treibst. Du bist hübsch, deshalb läufst du große Gefahr. Ich betrachte die Nubier als Ägypter und will jeden meiner Landsleute beschützen; dieser Tage lasse ich deine Stimme prüfen, sollte sie gut sein, so kannst du in einem unsrer nationalen Theater auftreten. Das Land verlassen sollst du niemals. Hast du keine

Stimme, die für irgendeine Bühne ausreicht, so magst du dein Brot auf andre Art redlich verdienen. Trau keinem Europäer! Vor allem nicht Engländern. Augenblicklich sind die unsre eigennützigsten Feinde.«

Fatime, obschon schwer enttäuscht, wagte es keineswegs, dem freundlichen Herrn, der sogar eine nubische Mundart geläufig sprach, mit irgendeinem Wort entgegenzutreten. Dann wurde Fatime in eine einfache Kammer gebracht, in der sie schlafen, sich vorläufig überhaupt aufhalten sollte. Eine Stunde nach ihrem Eintritt in das gastliche Haus wurde ihr eine kärgliche Mahlzeit von einem Nubier gebracht. Sie wollte sich bei diesem Dienstboten nach allerhand erkundigen, bekam aber nur ein Lächeln auf alle ihre Fragen zur Antwort. Am nächsten Tag durfte sie ihre von außen verriegelte Kammer verlassen. Sie trat in einen von hohen Mauern umgebenen Garten, in dem man Palmen und Sträucher gepflanzt hatte. Hier war alles neu, der Garten jung; wirklichen Schatten spendete er nicht, doch während der kühlen Jahreszeit war es auch nicht nötig. Dunkellila blühendes, dichtes Gerank hielt eine Dumpalme derart umklammert, daß man denken konnte, der herrliche Baum selbst spende so vielen Blumen um seinen Schaft all das Leben. Fatime erschien das verwunderlich, sie näherte sich den miteinander in Glück verschlungenen Pflanzen, musterte sie mit Wohlbehagen. Dann erkannte sie der schönen Erscheinung Doppelheit, doch nicht an Verzückung durch Liebe gemahnte sie das liebliche Schaustück lebendiger Umstrickungen, sondern der Nubierin war der Baum ihrer Heimat eine dunkle Frau wie sie, doch eine Dame, die sich ein Gewand in magentarotem Samt umgeworfen hatte. Bald werde auch ich so köstlich gekleidet gehen und dazu will ich auch Goldketten tragen! malte sich das eitle Ding die Zukunft aus. Und Fatime schmunzelte, als ob ihre eingebildete Gewißheit schon Wirklichkeit geworden wäre. Es mochte Mittag sein, als sie vor ihren Gastgeber gerufen wurde. Er war abermals recht freundlich, sagte, er hätte sich bereits über seinen Gast erkundigt; alles, was das Mädchen berichtet hätte, wäre wahr, die Eltern in Kairo sollten sofort über den Aufenthalt ihres Kindes benachrichtigt, dadurch beruhigt werden. Am Nachmittag, fügte Fuad hinzu, würde ein Italiener, der sich auf Stimmen verstehe, erscheinen, um sich über die Begabung Fatimes Gewißheit zu verschaffen. So geschah es auch. Fatimes

Stimme wurde außerordentlich, eigentlich tragfähig für eine Oper, befunden.

»Du kannst aber nur die Afrikanerin singen,« ward ihr jedoch Bescheid. »Es ist also besser, du lernst arabische Lieder und trittst in ägyptischen Theatern auf,« mußte die Nubierin nochmals hören.

»Nein,« sagte Fatime, »ich kann auch die Aida singen.«

»Zur Not stimmt das,« meinten die anwesenden Herren und lächelten oder lachten sogar, »es genügt aber nicht zur Opernkarriere.«

In den nächsten Tagen erhielt Fatime allmorgendlich Gesangsunterricht. Man brachte ihr bereits, zu ihrem großen Mißfallen, arabische Lieder bei. Sie war zuhöchst betrübt. Ihre Vereinsamung schien ihr überwältigend groß. Immerhin besuchte sie, zu nicht geringer Überraschung, die dicke Nubierin, der sie soviel Gunst verdankte. Dabei erfuhr sie, daß Fuad, ihr Wohltäter, ein angesehener Politiker war, der aber in Gefahr stand, von den Engländern, die damals noch vollkommen im Lande herrschten, verfolgt zu werden. Fatime äußerte ihre große Dankbarkeit, setzte jedoch hinzu, sie langweile sich furchtbar, könne diese Abgeschlossenheit nicht länger aushalten. Eines Abends gab es arabische Gesellschaft. Fatime, obschon ein armes Mädchen, durfte, als angehende Sängerin, im Kreise der ägyptischen Damen erscheinen. Sie erfuhr dabei von allerhand Dingen, die sie bis dahin nicht gewußt hatte; besonders über Moden, kostbare Schmuckwaren wurde viel verhandelt. Erst jetzt lernte sie Fuads Frau, ihre Herrin, etwas besser kennen. Auch sie schien sich für Politik sehr zu interessieren. Obschon fanatische Ägypterin, hielt sie den anwesenden Gästinnen einen Vortrag über langsame Emanzipation des orientalischen Weibes. Erfreulicherweise schien die reiche Araberin die unscheinbare Nubierin gern haben zu können. Als einige Tage darauf die dicke Nubierin Fatime in ihrem Käfig wieder einmal besuchte, schluchzte, weinte, klagte das Mädchen unaufhörlich über ihr Geschick. Sie wollte ihre Freiheit wieder haben, zu den Eltern nach Kairo zurückkehren.

Die alte Nubierin sagte ihr aber, sie würde es nur in Alexandria vermögen, durch die Gunst Fuads, ihre Studien zu vollenden. In einem Jahre dürfte sie ihre volle Reife erlangt haben und könnte dann wohl ans Auftreten denken. Mit großer Güte sprach sie der jungen Freundin Geduld zu.

Am nächsten Morgen wurde Fatime zu Fuad und seiner Frau gerufen. Mit sehr gütigen Worten sagten ihr beide Wohltäter, sie könnten ihr vorläufig die Freiheit nicht wiedergeben. Es wäre ihre Pflicht, für das Heil jedes ägyptischen Mädchens voll Wachsamkeit zu sorgen. Übrigens würden die Eltern, auf Kosten des arabischen Komitees, sie demnächst besuchen dürfen. Fuad sprach davon, daß es sein Stolz wäre, aus dem braven Mädchen eine ägyptische, große Sängerin zu machen. Fatime war jedes Vaterlandsgefühl fremd gewesen. In diesen Tagen aber sollte sie über Fuads Pläne aufgeklärt werden. Um sie ganz an sich und Ägyptens Sache zu fesseln, machte er ihr folgende Eröffnung: »Zwischen Asien und Europa bestehen uralte Beziehungen. Die neue Welt, die dort im Norden hereingebrochen ist, hat ihre Wurzeln bei uns im Nilland. Nicht von den alten Ägyptern, auch nicht von den Griechen Alexandrias, will ich dir Mitteilungen machen,« setzte Fuad dem Mädchen seine Überzeugungen auseinander, »wir sind Mohammedaner, kümmern uns nicht um das fremde Vergangene vor dem Auftreten des Propheten. Was wir gewesen sind, ist wichtig, denn wir sollen abermals zu gebührlicher Höhe emporsteigen. Asien und Afrika gehören dem Glauben an den Propheten. Vor vielen hundert Jahren sind Christen bei uns eingefallen, wollten uns das Gelobte Land entreißen. Das Kreuz wurde dem Halbmond, unserm gezückten Säbel am Nachthimmel, entgegengetragen. Manche Niederlage haben wir erlitten, doch unser herrlicher Saladin vermochte es, die Barbaren zu besiegen und zu verjagen. Ein rotbärtiger Kaiser ist auch noch in unser Land gekommen. Da hat sich der Boden Asiens aufgelehnt. Die Erde ist auseinandergeklafft, Flüsse sind aus ihren unterirdischen Grotten hervorgebrochen und haben das Heer der Fremdlinge weggeschwemmt. Der tollkühne Kaiser, jener Ketzer, ist dabei, durch Allahs Elemente selbst, ohne Menschenhilfe fürs Prophetenland, umgekommen. Unser Wissen, unsre Lebensweise sind, dem Glauben gemäß, den uns Mohammed aufgetragen hatte, größer als bei den Feinden gewesen. Sie aber haben damals zu viel von uns gelernt, sind dadurch später übermächtig und übermütig geworden. Auf der Grundlage orientalischer Erfahrung ist Europa hinangestiegen. Heute hält es uns, dank seines Vermögens, in Knechtschaft. Wir aber haben das Wissen, das heilig bleibt. Ich hasse nicht Europa, sein Joch aber müssen wir abschütteln. Hier in Alexandria gibt es einen strengen Orden, der die Geheimnisse aus den großen Zeiten der mohammedanischen Welt bewahrt. Orient und Okzident sind auf diesen Festen ausgebaut. Ein einziger Sohn aus finsterm Christenland hat vor mehr als hundert Jahren unsre Weihen erhalten. Er hieß Balsamo, war aus Palermo und als Eingeweihter in unsre Künste nannte er sich Cagliostro. Früher schon hat in Frankreich ein großer Seher gelebt, den die Geschichte unter dem Namen Nostradamus kennt. Er ist halber Jude gewesen, wurde als solcher zu Einsichten erkoren, die er niemals erworben hätte. Er, der größte Weissager des Okzidents, konnte es vollbringen, unsern künftigen, nunmehr nicht allzufernen Sieg über geistige Berauber, leibliche Unterdrücker vorauszuschauen. So höre denn, holdes Mädchen aus Nubien, Tochter des heiligen Niltales: in fünfzig Jahren wird Italien mit der Türkei in einen Krieg verwickelt sein. Die habsüchtigen Eindringlinge sollen dann versuchen, die Reste des einstigen Osmanenreiches aufzureiben, um Splitter davon in ihren Machtbereich zu bringen. Der Anschlag wird ihnen nicht gelingen. Geschwächt, mag dann Italien Frankreichs Hilfe in Anspruch nehmen. Nochmals werden beide Völker im Nordwest den Bruderstaat von uns schlagen, doch nicht besiegen. Nochmals sollen darauf fünfzig Jahre vergehen, dann wird man wiederum versuchen, unsre Länder dem Westen vollkommen botmäßig zu machen. Ägypten aber wird gerüstet sein, denn seine Stunde soll geschlagen haben! Bei den Hyerischen Inseln wird es uns Gläubigen an das hohe Wort des Propheten gelingen, die Flotten der lateinischen Schwestern zu vernichten. Von da an muß die orientalische Welt in neuer Größe emporsteigen. Südfrankreich, die Heimat des Nostradamus, soll uns abermals gehören. Hohen Aufschwung mag die Provence, einstige Mittlerin zwischen Osten und Westen, wiederum nehmen! Eine bis dahin unerhörte Baukunst wird aus ihrem Boden emporwachsen. Auf diesen Krumen, wenn wir sie erobert haben werden, soll die Versöhnung Asiens und Europas stattfinden. Vorher aber fordern wir unsern Sieg durch die Waffen. Daß er erreicht werde, rufe ich die Tatkraft jedes Kindes unsers heiligen Nillandes auf.«

Für Fuads Reden hatte Fatime gar kein Verständnis. Sie konnte die Europäer nicht hassen, weil sie bloß Opern für weiße Mädchen geschrieben hatten; ihr genügte es, daß Meyerbeer, Verdi – beide Schöpfer von Rollen dunkler Mädchen – Westländer gewesen sind. In Nubien ist man nicht fanatisch mohammedanisch. Dieses dunkle Mädchen hatte nur ein Sinnen und Begehren: Gesang. Aus ihrem Kerker, in dem sie so unzweckmäßig, wenn auch freundlich, gehalten wurde, trachtete sie zu entkommen. Sie versuchte es mit der Sehnsucht nach ihren Erzeugern. Ihre Pflegeeltern behaupteten aber, das ginge nicht, sie müßte ganz ausgebildet das strenge Haus verlassen, um als arabische Sängerin auf einer nationalen Bühne aufzutreten. Es wurde ihr sogar vorgegaukelt, mit ihr könnte es gelingen, ein ägyptisches Theater zu gründen, in dem europäische Rollen von dunklen Kräften gesungen würden. Fatime tat aber nur so, als ob sie das glaubte; ein zu sichres Gefühl über die Möglichkeiten ihrer engern und weitern Landsleute wohnte ihr inne. Eines jedoch setzte sie durch: sie wollte mit ihrem Lehrer und Fuads Familie der letzten Opernaufführung der Saison beiwohnen. Gegeben wurde: La Traviata, das Drama einer Fehlgegangenen – daran ließ sich nichts mehr ändern.

Schnell wurde der Nubierin ein schönes, champagnerfarbnes Seidenkleid hergestellt. Gelbe Nelken wurden ihr ins Haar geflochten, als Brustbukett hat man ihr Purpurrosen bewilligt. Sie mochte sich Kamelien anstecken, da schon die Nelken zur Genüge dufteten, doch das ging nicht. Der Text der Traviata ist eine schlechte Zurechtsetzung der Kameliendame Dumas', des jüngern, für die Oper: Was hätte man nun im Theater gesagt, wenn die Nubierin durch ihre Kamelien aufgefallen wäre! Das Stück schickt sich ohnedies nicht für junge Mädchen. Schmuck durfte Fatime nicht anlegen, erstens war sie dazu noch nicht genügend erwachsen, zweitens galt sie vorläufig bloß in einem engen Gesellschaftskreis als künftiger Theaterstern. Ihre Eltern sind immerhin nur dunkle Dienstboten in Kairo gewesen. Doch ein Pelzmantel war zur Stelle. Er mag entliehen worden sein. Zwei Wagen fuhren vor. Im ersten saß das Ehepaar Fuad, im zweiten ihre erwachsene Tochter und Fatime. Im Atrium des Theaters erwartete sie der Lehrer; sie mochte ihn nicht, nun war er ihr lästig. So nahmen fünf Personen die Parterreloge ein. Man war recht pünktlich eingetroffen. Die ersten Musiker erschienen im Orchester. Als sich das Theater zu füllen begann, fühlte sich Fatime beunruhigt; es war ihr, als ob ein unsichtbares Insekt um ihre Haut schwirrte. Sie konnte es nicht vertreiben. Dann meinte sie, ein Edelstein blende sie, plötzlich aber merkte sie Blicke. Der junge Mann, der Fatime damals im Wagen mitgenommen hatte, der schlanke Levantiner, saß im Parterre und beobachtete sie. Sie, nur sie – ununterbrochen. Sofort schlug das peinliche Gefühl in Freude um. Fatime aber wußte sich zu beherrschen Ihr Plan war rasch gefaßt; sie wandte sich derart weg, daß die Blicke sie nicht mehr erreichen konnten, dabei glaubte sie aber ihren Straußenfedernfächer so zugeklappt zu haben, daß der Herr einen zusagenden Wink verstanden haben konnte. Schon fing die Musik an. Der Vorhang flog auf. Die Nubierin sah und hörte wenig. In fieberhafter Erregung, mit dem Gefühl, funkelnde Blicke auf dem entblößten Nacken zu haben, verbrachte sie den ersten Akt. Kaum war der Vorhang gefallen, äußerte sie ihr Entzücken. Fatime vermochte es, richtige Worte über den Gesang einzelner Darsteller, besonders ihrem Lehrer gegenüber, zu äußern. Alle Anwesenden erfreute die offenbare Berauschtheit des jungen Dinges. Einige Bekannte Fuads traten in die Loge: Es waren Nationalisten, die sich nicht darüber wunderten, das viel dunklere Mädchen in der Loge des fanatischen Arabers zu finden. Fatime wurde gelobt, als der kommende Stern auf der Bühne Ägyptens gepriesen. Man verließ die Loge bis zu Beginn des zweiten Aktes nicht. Auch nun lauschte das Mädchen wenig auf den Gesang. Ihr lag nur daran, einen vor anderthalb Stunden gefaßten Plan durchzuführen. Während der neuen Pause verließ man die Loge. Im Foyer sah Fatime in ihrer Nähe den schlanken Levantiner. Sie enthuschte ihrer Begleitung mit einem Zeichen, sie käme sofort wieder. Übrigens hatte das bloß Fuads Tochter, die aber ganz arglos war, bemerkt. An der Pforte des Foyers trat sofort der Levantiner an sie heran.

»Entführen Sie mich im Nu, wir haben keine Zeit zu verlieren!« sagte die Nubierin.

»Kommen Sie,« war die Antwort.

Im Seidenkleid, ohne Pelz, verließ Fatime am Arm des jungen Mannes das Theater. Er rief eine Droschke herbei, beide stiegen ein und fuhren ab.

Sie sagte nun: »Ich kann nicht in Alexandria bleiben, mächtige Menschen verfolgen mich.«

Paolo Jeroniti – stellte sich der junge Mann vor und versprach für seiner Entführten Sicherheit sorgen zu wollen. Vor einem eleganten Haus stieg man aus dem Wagen, trat in den Flur. Kaum war der Wagen fort, so fuhr ein einfacherer vor und brachte die zwei in einen anderen Bereich der Stadt. Im Araberviertel, unfern von der Pompejussäule, hielt das Fuhrwerk. Der junge Mann bat die Nubierin einen Augenblick warten zu wollen. Sie hatte keine Angst, im Wagen allein zu bleiben. Nach kaum fünf Minuten war er zurück und übergab Fatime einen arabischen Burnus. Das Mädchen zog die fremden Kleidungsstücke an, um gegen Erkanntwerden und Kälte geschützt zu sein. Nun verließen beide den Wagen. Er fuhr davon. Die zwei Abenteuerlichen schritten einem Kanal zu, in dem Nilkähne mit ihren hohen elastischen Rahen verankert lagen. Einer wurde bestiegen. Wenige Minuten darauf wurden die Anker gelichtet, und das Schiff setzte sich in Bewegung. Das flüchtige Paar blieb ruhig auf dem Verdeck; ein halbwegs anständiger Unterschlupf war auf dem Schiff nicht vorhanden. Paolo versprach Fatime vollkommene Sicherung vor ihren Freunden und Gönnern. Das Mädchen ist darüber so erfreut gewesen, daß es am liebsten singen mochte. Das aber hätte verräterisch sein können.

»Wirst du mir auch Dankbarkeit erweisen?« fragte sie der Levantiner.

Ohne zu wissen, was man von ihr verlangen würde, sagte das harmlose, über Dinge der Liebe beinahe unaufgeklärte Mädchen: »Ich schwöre es dir bei dem Propheten. In diesem und jenem andern Leben will ich dir dankbar sein. Du aber bringe mich fort von Alexandria, von Ägypten, damit ich im Westland Aida und die Afrikanerin singen kann.«

Nach zwei Stunden schlief das Mädchen plötzlich ein. Sie wurde gut zugedeckt; einen Schleier, der gegen Nebel und Feuchtigkeit schützen sollte, senkte Paolo auf der schönen Nubierin Antlitz. Bei günstigem Nordwind segelte man den Nil aufwärts. Als Fatime erwacht war, erblickte sie ihren Entführer in arabischer Tracht. »Wir werden sofort in Tanta einfahren; ich bringe dich zu einem Freund,« redete sie Paolo an. »Dort wollen wir ein paar Tage in Sicherheit und Glück zubringen.«

Ganz willig folgte ihm Fatime. In einem schönen Araberhaus hielt bald darauf das Paar seinen Einzug. Obschon nichts vorbereitet war, gelang die Flucht auf ganz wunderbare Weise vollkommen. Welcher Stern mag da hold gestrahlt haben? Alles klappte, als ob man es wochenlang vorher zweckmäßig eingerichtet hätte. Kaum hatte das flüchtige Paar einen Imbiß eingenommen, als der feurige Levantiner schon seinen Lohn einfordern wollte. Das Mädchen war sehr erschrocken, verweigerte aber entschlossen den ersten Kuß und fand die Geistesgegenwart, um – »In Europa!« zu lispeln.

Paolos Zudringlichkeit half ihm nichts: nach etwa einer halben Stunde erschien sein arabischer Freund, beider Gastgeber, und bereitete der peinlichen Unterredung ein Ende. Er sah das Mädchen genau an, sagte dann: »Du bist Fatime, die nubische Sängerin, Hoffnung der Künstlerschaft im Niltal. Sei meiner Hilfe gewiß, ich schütze dich gegen jedermann.«

Fatime erschrak, denn woher wußte der Fremde soviel über sie, die doch niemand kannte. Die Tochter nubischer Dienstboten warf sich vor dem noch jugendlichen, schönen und vornehmen Araber nieder, sprach ihren Dank aus und stammelte: »Woher kennst du mich, ich bin doch die Niedrigste hier zu Lande.«

Ali, der junge Araber, lächelte, reichte dem Mädchen die Hand, damit es leicht aufstehen konnte und sagte: »Nochmals, sei willkommen! Ich weiß, du bist anständig, daher schutzbedürftig, auch vor Fuad, meinem Freund, der mir über dich berichtet hat, brauchst du dich keinesfalls zu fürchten. Er wird nichts über deinen Aufenthalt hier erfahren – der Muselmann kann schweigen, fürchte dich eher vor deinem Retter, dem Europäer.«

Paolo erblaßte, half sich aber bald aus der unangenehmen Lage, indem er sagte: »Fatime, ich habe dich aus Liebe gerettet, werde deinetwegen in Alexandria bösen Dingen ausgesetzt sein, denn unsere Flucht kann nicht unbemerkt bleiben; die Spuren sind wohl verwischt, doch kehre ich dorthin zurück, so wird man mich erkennen, mich nach dir ausfragen. Fuad ist ein mächtiger, gegebenenfalls ein gefährlicher Mann. Ihn habe ich zu fürchten. Deshalb kommt mir ein Recht auf deine Dankbarkeit zu. Nur jetzt könntest du sie mir erzeigen, vielleicht bin ich in ein paar Tagen ein Opfer meiner Leidenschaft zu dir geworden. Doch ich nehme dich beim Wort. Wiederhole vor deinem Landsmann, der so streng und ehrenvoll ist, was du mir versprochen hast: In Europa! Ich habe die Möglichkeit, mit seiner Hilfe dich dorthin zu bringen, dort ausbilden zu lassen. Brechen wir sofort auf.«

Das Mädchen bedeckte aus Scham ihr Gesicht und sagte voll Entschlossenheit: »Du tust mir Gewalt an. Ich bin dir dankbar, doch ich habe dich erst zweimal gesehen; noch ist die Liebe nicht in mir erwacht.«

Der Araber mengte sich nun ins Gespräch: »Was das Mädchen sagt, ist gerecht. Was du, Paolo, forderst, erscheint mir nicht großmütig, aber billig. Ich schlage vor, Fatime bleibt bei mir, du, Paolo, hältst dich ein paar Wochen in Tanta auf. Ihr lernt euch kennen und werdet, wenn Fatime deine Liebe erwidert, ein Paar. Dies mag, wie ihr es vereinbart habt, in Europa vollzogen werden.«

Paolo meinte: »Dem Anerbieten, o Ali, ist freundlich, doch du weißt, Geschäfte binden mich an Alexandria. Dort würde ich verfolgt werden, in Tanta kann mein Aufenthalt nicht lange verborgen bleiben, das beste ist es darum, ich gebe vorläufig meine Geschäfte in Alexandria, der holden Nubierin wegen, auf, und wir entfernen uns aus Ägypten. Ein größeres Opfer kann Fatime nicht von mir verlangen.«

Diese Worte stimmten Ali nachdenklich und er sagte: »Gehe ruhig nach Alexandria, ich gebe dir einen Brief an einen Freund mit, der auch Fuads Freund ist; dem wird der Fall auseinandergesetzt, du brauchst dann von Fuad nichts mehr zu fürchten, auch wird auf diesem Umweg vermieden, daß er erfahre, wo Fatime sich aufhält. Du kommst dann allwöchentlich nach Kairo, wohin ich mich zu Schiffe mit Fatime begeben will. Auf geheimem Weg kannst du jedesmal in unser Haus gelangen, das Mädchen sprechen. Sowie sie Liebe zu dir fühlt, sollt ihr gesetzlich verbunden werden und euch ohne Gefahr nach Europa begeben.«

Paolo erschauerte beim Gedanken, eine Nubierin ehelichen zu müssen. Es blieb ihm aber nichts übrig als auf Alis Pläne einzugehen. Er hoffte, das Mädchen würde sich in ihn verlieben und auch Ali, ebenso wie Fuad, binnen kurzer Zeit, entwischen wollen.

Noch am Abend des gleichen Tages, verließ Paolo seine Freunde zu Tanta und begab sich mit Alis Geleitbrief zu seinem Freund in Alexandria. Kaum war er dort angekommen, trat er in dieses Arabers Wohnung. Er traf ihn nicht zu Hause, weigerte sich jedoch fortzugehen, denn Fuads Rache, das wußte er, mußte auf ihn lauern. Man war in dem mohammedanischen Hause über die Aufdringlichkeit des Levantiners sehr betreten. Paolo aber behauptete, einen sehr wichtigen Brief in Händen zu halten; im Interesse des Adressaten wolle er sein Haus nicht verlassen. Die Anschrift in arabischen Buchstaben überzeugte den anwesenden Hausgenossen. Paolo durfte also in einem orientalischen Salon auf niederem Sessel hockend des wohlhabenden Mannes Ankunft erwarten. Man servierte ihm Kaffee, kandiertes Obst und Zigaretten. Erst gegen Mitternacht trat der Hausherr ein. Paolo begrüßte ihn äußerst höflich und überreichte ihm den Brief. Kaum hatte ihn der Araber gelesen, als er sehr bedenklich wurde. »Ich komme aus Fuads Haus,« äußerte er sich, »man hat dort beschlossen, an Euch Rache zu nehmen. Die ganze nationalistische Partei Ägyptens soll aufgeboten werden, um Euch für den Frevel an der Nubierin, die ein Stern am Kunsthimmel Ägyptens werden sollte, zu bestrafen. Auch in Europa sollt Ihr keine Sicherheit finden. Euch bleibt bloß ein Ausweg: heiratet!«

»Ich bin entweder Christ oder Jude,« antwortete Paolo. »Genau weiß ich es nicht, wie soll ich eine Mohammedanerin heiraten?«

»Auf zivilem Wege ist es möglich,« antwortete der Araber.

Worauf Paolo sagte: »Das Mädchen habe ich noch nicht berührt. Wir können es beide beschwören, Ali weiß es auch; ich bin gesonnen, wenn das Mädchen es verlangt, eine Ehe einzugehen. Dazu zwingen lassen wir uns beide keinesfalls. Ich habe nichts getan, als ein Opfer aus den Händen eines Willkürlichen zu entreißen. Fatime ist ohne ihren Willen, somit gegen das Gesetz Ägyptens, von Fuad ihrer persönlichen Freiheit beraubt worden.«

Diese Rede Paolos verfehlte ihren Eindruck auf den Araber nicht. Er reichte Paolo die Hand und sagte: »Bleibt in meinem Haus, ich werde Euch beschützen, Fatimes Aufenthalt nicht verraten.«

Darauf wurde ein leckres Abendessen aufgetischt, zum Trinken gab es allerdings im Hause des rechtgläubigen Mohammedaners weder Wein noch Schnaps. Man schlürfte bloß übersüßen Kaffee und lauschte den Tönen einer Mandola, deren Spieler oder Spielerin nicht sichtbar wurde. Es mag wohl eine Spielerin gewesen sein, denn der Klang dieser Musik war sehr weich. Während Paolo zuhörte, fühlte er sein Teppichlager besonders angenehm und reizvoll, die lieblichen Töne schienen zu seiner bangen Laune eines Verliebten wohlig gestimmt zu sein. Auch das Lichtauge einer hellgrünen Ampel verbreitete zarte Anmut seiner sanften Farbe. Vorzügliche Zigaretten halfen ebenfalls, während der heitern Gespräche, die man nun bald führte, über die Morgenstunde, im Dunkel des verhängten Raumes, hinweg. Möglicherweise war ihnen etwas Opium beigemengt, denn ums Tagesgrauen, im verhüllten Draußen, das ihm ferne dünkte, merkte der junge Mann keine Musik mehr; er war entschlummert und erwachte erst nach zwei Tagen.

Als Paolo die Augen aufschlug, saß ein kleiner Nubier ihm zu Füßen, der sofort aufsprang und ihn nach seinen Befehlen fragte. Paolo hatte keine zu erteilen. Er fühlte sich seelisch und körperlich unbehaglich. Darauf bat ihn der Nubier, sich entfernen zu dürfen; der Levantiner gewährte es durch kaum merkliches Nicken. Alleingelassen, dachte er wenig über seine Lage nach; er wußte auch noch nicht, wie lange er mochte geschlafen haben. Er hatte sich plötzlich, halb angekleidet, auf einem weichen Sofa gesehn. Nun richtete er seine Kleider her und es fiel ihm dabei auf, daß sein Kopfschmerz langsam wich. Dieses Weh konnte aber nicht arg gewesen sein, denn nun erst, da es beinahe weg war, wußte er eigentlich darum. Paolos Zufriedenheit nahm von Minute zu Sekunde erstaunlich faßbar zu. Er sah mit Freuden in die Abenteuerlichkeiten, denen er nunmehr keineswegs entgehen konnte oder wollte. Nach etwa einer Viertelstunde trat sein Gastgeber ein. Man begrüßte sich freundlich und der Araber sagte: »Ihr habt einen Tag und einen halben geschlafen, unterdessen habe ich Eure Angelegenheiten in Ordnung gebracht. Vorläufig braucht Ihr nichts zu fürchten; doch ist Vorsicht geboten, bis die Gegenbefehle, Eure Sicherheit betreffend, überall hingedrungen sein werden. Fuad hat darauf verzichtet, zu erfahren, wo sich Fatime aufhält. Mein Wort, daß sie geborgen ist, genügt ihm. Ihr sollt das Mädchen noch heute wiedersehn. Laßt Eure Kleider und was Ihr sonst braucht, aus Eurer Wohnung holen! Ich will alles besorgen lassen. Abends fahren wir miteinander nach Kairo. Ali erwartet uns dort. Fatime könnte in Tanta keinen guten Unterricht im Singen erhalten. Wir wollten ursprünglich, daß ein Lehrer sie allwöchentlich von Kairo aus besuche; doch es gilt, die Ausbildung des Mädchens zu beschleunigen. So ist Kairo der geeignete Ort; natürlicherweise erhält sie Stunden von einem Araber. Ein Europäer würde das Geheimnis nicht wahren.« Paolo verwünschte nun plötzlich wieder seine Liebesgeschichte; wohl begehrte er die Nubierin, doch wie sollte er sie lieben? Hätte er gewußt, in was für Verwicklungen er geraten würde, niemals wäre es ihm eingefallen, Fatime bei ihrer Flucht behilflich zu sein. Nun half nichts, er mußte vorläufig in der Sache weiter gehn, schließlich konnte er ja dem Mädchen gestehn, daß er es lossein wollte, auf jede Dankbarkeit verzichten würde. Jedenfalls brannte ihm, dem geborenen Alexandriner, zum erstenmal Afrikas Boden unter den Füßen. Was der Araber wünschte, wurde vollzogen. Mit frischer Wäsche, anderm Anzug bekleidet, brach Paolo aus der Gesellschaft des arabischen Gastgebers am Abend auf. Vor dem Tor stand ein geschlossener Wagen. Auf dem Vordersitz hatten bereits zwei Araber, die höflich grüßten, Platz genommen. »Das ist zu Eurem Schutz geschehen,« sagte der vornehme Mohammedaner. Ohne viel Worte gewechselt zu haben, kam man am Bahnhof an. Zu viert wurde der Zug bestiegen. Die fremden Araber blieben stumm, Paolo und sein Gastgeber unterhielten sich bis Kairo über gleichgültige Dinge. Dort angelangt, bestieg die Gesellschaft abermals ein elegantes europäisches Fuhrwerk, das vor dem Bahnhof bereit stand. »Freut Euch,« sagte der Araber, »denn in einer halben Stunde seht Ihr Fatime wieder: Nur weil sie Dienstbote ist, weil sie eine Künstlerin werden soll, ist Euch das gewährt.« Paolo empfand gar nichts Angenehmes, verstand es aber, mit linkisch verzerrtem Mund geschmeichelt zu lächeln. Vielleicht hätte man bei Tageslicht eher ein Grinsen unter seiner hartgeschwungenen Nase bemerkt. Nach kurzer Zeit, hielt der Wagen vor einer Villa am Nil. Alle vier Männer entstiegen ihm und begaben sich in ein kleines enropäisches Haus. Ali trat seinen Gästen entgegen und begrüßte besonders Paolo sehr höflich. Fatimes Stimme ertönte: sie sang ein arabisches Lied. Als sie gleich darauf Paolo mit Ali und dem Araber aus Alexandria eintreten sah, hörte sie auf und empfing den Levantiner mit aufrichtiger Herzlichkeit. Man speiste miteinander: Fatime erzählte von ihrem neuen Lehrer, einem Araber, daß sie ihn nicht mochte. Er würde, das stand für sie fest, ihre Stimme nur verbilden.

Kein Zureden der beiden Araber half da. Paolo gab ihr recht. Auf einmal fing das Mädchen an zu schluchzen und ihre Begabung zu verwünschen. Sie wollte zurück zu ihren Eltern. Sie beschwor Paolo, dieselben aufzusuchen, damit sie endlich vor den fanatischen Arabern Zuflucht fände. Paolo wußte, welcher Gefahr er sich aussetzen würde und redete bloß Ali und dem Alexandriner zu, sie sollten doch auf das Mädchen als arabischen Kunststern verzichten.

Das hängt von Fuad ab, war der Bescheid, den er, den Fatime erhielt. Die unglückliche Nubierin war aber gar nicht mehr zu beruhigen; sie heulte die ganze Nacht, so daß niemand im Haus schlafen konnte. Am Morgen bemerkten Paolo und Fatime, daß sie schwer bewacht wurden. Der Araber aus Alexandria nahm höflich, aber doch kühl Abschied; Ali blieb freundlicher und entfernte sich auf einige Stunden. Die beiden Gefangenen konnten aber keinen Augenblick allein bleiben. Unaufhörlich bewachten sie zwei italienisch und französisch verstehende Nubier. Am Abend kam Ali mit Fatimes Eltern an. Die Begrüßung war stürmisch. Die Eltern lobten ihr Kind, weil es anständig geblieben war. Beide flehten es an, Fuad gehorsam zu bleiben, sie selbst würden bei Ali in Dienste treten, Fatime nicht mehr verlassen. Die dunkle Sängerin sah ein, daß sie sich in diese neue Lage fügen müßte. »Doch,« sagte sie, »da nun alles geklärt ist, kann ich einen europäische Lehrer haben.« Auf diesen Vorschlag ging man ein.

Alis Haus sollte ein Heim des Glückes werden. Fatimes Eltern hatten ihre Tochter wieder, sie selbst einen neuen europäischen Lehrer; diesmal war es ein Spanier, der Fatime besser gefiel als alle andern, die sie bisher gehabt hatte. Weil er alt war, beängstigte er sie nicht. Er trug eine dicke Uhrkette aus Gold um den Bauch; oft spielte er, auch während des Unterrichts, damit, und das machte Fatime meistens ein wenig Vergnügen. Am fröhlichsten aber war Paolo, er mußte doch in den Augen der Araber ein Ehrenmann geblieben sein, durfte sich in Kairo oder Alexandria frei bewegen. Der junge Mann begab sich nach wenigen Stunden ins Mena-house, jenes große Hotel unter den Pyramiden. Hier hoffte er Gesellschaft zu finden, in der er sich unterhalten mochte; die junge Nubierin zu vergessen, war für ihn keine Angelegenheit: Gerne hätte er mit ihr ein Abenteuer gehabt, von Liebe war keine Spur vorhanden. Selbstverständlicherweise ergab sich ihm die Bekanntschaft vieler Ausländerinnen, auch von solchen, die in Ägypten ihr leichtlebiges Dasein gesteigert haben mochten; doch jungen Levantinern gegenüber sind sie fast ausnahmslos vorsichtig. So fühlte sich Paolo in der ersten Woche enttäuscht. Allabendlich bestieg er einen Araber, der ihn weit hinaus in die Wüste brachte. Eines Tages schlug ihm der junge Pferdehüter einen Wüstenausflug nach dem Fayoun vor. Es sollte ein kostspieliges, aber wirkliches Vergnügen, das eine Woche dauern konnte, werden. Paolo erklärte sich zu dem Wüstenabenteuer bereit. Schon am nächsten Tage brach man in den Mittagstunden auf. Sieben Kamele machten sich auf den Weg. Das eine ritt der Levantiner, das andre der Veranstalter des Wüstenausflugs. Eines aber trug Zelte, schwer seinen Höckern aufgeladen, die vier andern führten Tänzerinnen durch das Sandmeer. Paolo war zuerst keineswegs begeistert. Ein Gedankengang, der ihn gar nicht verließ, unternahm es fortwährend, in seinem Kopfe Gestaltungen hervorzubringen. Ungefähr folgendermaßen fragte er sich dabei: ›Bin ich ungeschickt? In so große Ausgaben stürze ich mich, um ein dunkles Mädchen, das ich gar nicht geliebt habe, zu vergessen! Vier schwarze Überraschungen wird man mir heute abend auspacken. Es zieht mich nach weißen Damen, nach Paris, nicht nach farbigen Nilländerinnen. Dazu diese Strapazen bei einem Ritt durch die Einöde. Fuads Romantik hat mich angesteckt. Eigentlich muß ich mich vor mir schämen, in meinem Alter darf man nicht so kindisch und dumm sein. Das ist etwas für Engländer oder andre nordische Snobs. Für mich Alexandriner geziemt es sich gar nicht, mich mit arabischem Pack auf Kamele zu setzen.‹ Nun sann er eifrig nach: ›Wie anders ist es während meines zu kurzen Aufenthalts in Paris, vor sechs Jahren gewesen! Dorthin treibt es mich!‹ Und nun begannen Paolos Luftschlösser über der Wüste zu flimmern. Er baute sich die Weltstadt als eine Fata-Morgana auf: die Seine war ihm klarster Smaragdenstrom geworden; wie aus Zinn gegossen, standen Lutetias Häuser um ihre baumbestandnen Ufer. Aus Silber blitzten die Dächer mit ihren vielen Mansarden und Schornsteinen in einen gar lieblichen Märztag. – Wie viele Alltagsgeschöpfe werden, auf Augenblicke, zu Dichtern, wenn sie nur an Paris denken. Sagt nicht Schopenhauer, in seinen Träumen sei der Dutzendmensch ein Shakespeare? – Räder, mit eingesetzten Riesen-Rubinen, drehten sich vor den Sinnen des dahinreitenden Paolo: rot übersprühte ihr holdes Leuchten ein großes Volksgewühl auf unendlichen Straßenzügen und zugleich zauberte es Flackern durch hohe Säle, angefüllt mit freundlichen Tänzerinnen bei ihren Rundgängen mit kecken Kavalieren in steifem Abendanzug. Zum Greifen nahe glaubte der Levantiner das Gesicht vor sich zu haben. Es war sein Eigentum, nur ihm gehörende Vorstellung; der Inbegriff aller Wünsche. Um es zu besitzen, jagte er dahin ... auf einem Kamel. Enttäuschung und Besinnung über seine Lage packten ihn zugleich.

Am Abend, als die Wüste ihren goldigen Ton zu verlieren begann, machte man unter einer Sandböschung halt. Die Zelte wurden abgeladen und bald darauf, während kurzer Viertelstunde, die ihre Erde in Purpur hüllte, aufgespannt. Schon war es kalt geworden, und Paolo lief, in dickem europäischen Wintermantel, im Sande auf und ab. Um die verhüllten Tänzerinnen kümmerte sich der Levantiner nicht. Als die meisten Sterne am Himmel erglommen waren, begab er sich zum Feuer der kleinen Karawane zurück. Nun war er erstaunt: Den Händen eines Mannes war es gelungen, ein über alle Erwartungen großes Zelt aufzuschlagen. Ihm zur Rechten und zur Linken befanden sich zwei kleinere. Immer noch vermummt, saßen die Mädchen um das Feuer und wärmten sich; der junge Araber war damit beschäftigt, ein prächtiges Abendbrot herzurichten. Paolo sprach nur gebrochen arabisch, hatte aber mit seinen mumienhaften Gästinnen ein Gespräch über gleichgültige Dinge angefangen. Bald war das Abendbrot bereit. Für Paolo sind vom Araber Leckerbissen auf schönen Metallplatten zubereitet worden. Auch eine Flasche französischen Sekt kredenzte ihm der Unternehmer dieser kostspieligen, jedoch nicht seltsamen Expedition. Die Eingebornen begnügten sich mit einfachen Speisen. Nach dem Mahl begab sich Paolo, dazu aufgefordert, ins große Zelt, legte sich dort auf Teppiche und Kissen. Zwei rote Ampeln erhellten den kleinen Raum: Er begann seine Wasserpfeife zu rauchen und erwartete mit Spannung, was nun kommen sollte. Nach etwa einer Viertelstunde erschienen noch etwas verschleierte Araberinnen und begrüßten ihn auf orientalische Art, wie es sich für Dienerinnen gebührt. Sie begannen auf feinen, mit Perlmutter eingelegten Instrumenten Musik zu machen. Gleich darauf schlüpfte ein beinahe weißes Mädchen mit hellen Haaren, offenbar eine Jüdin, in das Zelt. Sie hatte bloß ein gelbes Röckchen an, vergoldete Reifen um Füße und Arme, funkelnde Ringe an den Fingern und begann ihren Bauchtanz. Solche Vorführungen waren Paolo wohlbekannt und hatten ihn immer gelangweilt. An keinem der drei Mädchen konnte er Wohlgefallen finden. Er dachte nur darüber nach, ob ihm eine davon überhaupt genügen konnte. Als der Tanz vorbei war, klatschte er aus Freundlichkeit. Dann erschien die Vierte: eine wohlgestaltete Nubierin. Obschon sie Fatime gar nicht ähnelte, war Paolo doch erschrocken. Das dunkle Mädchen trug ein feuerrotes Seidenkleid, ihr Bauch war nicht entblößt, bloß die steifen Birnenbrüste zeigten sich in reizvoller Nacktheit. Sie hatte einen Gurt, in dem ein Dolch steckte, um die Lenden gelegt. Ihre schönen Augen blitzten unheimlich. Der Tanz, den sie aufführte, war herb und rhythmisch regelmäßig. Sie gefiel Paolo nicht, doch er dachte: Sie soll mich belustigen, denn sie kann mir immerhin Fatime ersetzen! Nach dem ersten, ziemlich gesetzten Tanz verlangte Paolo auch von ihr den Bauchtanz. Das Mädchen sträubte sich, ihn aufzuführen. Der arabische Impresario war darüber erzürnt, konnte sie aber nicht dazu bewegen, ihre Pflicht zu erfüllen. Schließlich machte Paolo der peinlichen Szene ein Ende, indem er dem Mädchen befahl, sich zu ihm zu legen. Die andern sollten das Zelt verlassen. Von allen wurde dem Befehl des wohlhabenden Levantiners Folge geleistet. Flehend hingestreckt, lag die wilderregte Nubierin zu Paolos Füßen und schien ein Gespräch mit den Pupillen statt mit dem Munde anfangen zu wollen. Nun merkte der Levantiner, daß keine Hingebung, sondern eher Haß aus den Augen des dunklen Mädchens auf ihn eindrang. »Leg den Dolch ab!« herrschte er sie an. Das Mädchen tat, wie ihm geboten war. Dann lag sie wieder, wie ein Puma, ihrem Gebieter zu Füßen. »Die rote Seide kleidet dich nicht, entledige dich ihrer,« befahl nun Paolo. »Das tue ich nicht,« sagte die Nubierin, »denn die Farbe entspricht meinem Gefühl.« »Warum?« fragte Paolo aufgebracht. Das Mädchen antwortete: »Weil du einen Verrat verüben willst.« »Wer bist du,« fragte Paolo. – »Fatimes Base und Vertraute.« – Rasch hatte Paolo seine Lage verstanden. Er sprang auf, faßte das Mädchen bei der Rechten und schleppte es in die kalte Nacht, in der ein wenig Mondlicht silberte. »Hassan,« rief er seinen Araber, »was hast du da angestellt, prügeln werde ich dich und nicht bezahlen. Eine schwarze Schlange hast du mir eingeschmuggelt, sie hat ihren Dolch gezückt. Ich danke für solche Unterhaltungen in der Wüste!« Hassan war bestürzt, griff nach einem Knüppel und schlug das Mädchen, daß es aufschrie. »Erschlagen muß ich sie; ich kann nichts dafür, daß sie dir übel will; sie soll eine Jungfrau sein, ich mochte sie dir darbringen, damit du mich noch besser bezahlst.« – Auf einmal, während Hassans eigner Verteidigung fühlte Paolo Schmerzen in den Augen, Dunkelheit hatte ihn überwältigt. Unerklärliches Jucken erzeugte größtes Unbehagen, unheimliches Geräusch umwirbelte ihn. Wie Nadelstiche drang es ihm ins Ohr. Er hörte schreien, sogar Hilferufe, konnte nichts sehen, fühlte aber den Arm eines Unholds, der ihm um den Leib griff, zu Boden riß. Er wollte sich wehren, mehrere Arme aber drückten ihn von oben zu Boden. Was war geschehen? Plötzlich spürte er zwei Krallen, die seine Hände faßten. Er wurde gezogen, dabei versuchten noch Riesenfäuste ihn um sich selbst zu wälzen. Plötzlich schien er aber seine Besinnung wiederbekommen zu haben. Den Händen gelang es, da sie nun frei waren, die Augen zu erreichen; Sand rieb er sich daraus, hin und her bewegt, erloschen aber in dem Augenblick, da er wieder sehen konnte, rote Ampeln. Dann sauste das Zelt über ihm zusammen. Paolo fühlte jedoch keinen Schmerz und wußte nun – ein Wirbelsturm hatte ihn überrascht. – In dieser liegenden Stellung, vom eigenen

Zelte günstig bedeckt, verblieb er beinahe regungslos, solange der Sandsturm wütete. Auf einmal empfand er einen Schlag auf den Kopf – dann verlor er die Besinnung, auch an das, was soeben geschehen war, konnte er sich nur allmählich später wieder erinnern.

Als Paolo erwachte, lag er auf dem Sand und blickte in die aufgehende Sonne. Hassan kniete neben ihm, als wollte er sich wegen des Sturmes entschuldigen. – »Das war ein Unheil,« sagte er. »Doch Ihr seid unterm eigenen Zelt, in das ich Euch im entscheidenden Augenblick geschleppt hatte, geborgen geblieben: Die Mädchen, dann auch ich, haben uns unter den Kamelen verkrochen.« Nun fühlte Paolo einen Schmerz am Kopf. Er griff hin, merkte, daß er leicht blutete, Hassan war erregt hinzugesprungen, untersuchte die verletzte Stirn und sagte: »Die Verwundung ist klein, ein Balken des Zeltes scheint dennoch über Euch in gefährlicher Art niedergebrochen zu sein.« Paolo aber dankte dem Balken, der ihn wohl getroffen, dadurch das Bewußtsein geraubt hatte, denn so ist er in tiefstem Schlummer über Stunden der Angst und Gefahr hinweggekommen. Durch das Gespräch der zwei Männer geweckt, krochen die drei Mädchen unter den Kamelen und Sandhügelchen hervor. Sie schienen wohlbehalten und auch schon beruhigt: Arabern bereitet so ein Wüstensturm keine allzu bestürzende Überraschung. Doch wo war die junge Nubierin? Sie blieb verschwunden. Man konnte im Sand unter den frisch aufgewirbelten Erhöhungen suchen und forschen, keine Spur von ihr war auffindbar.

Paolo blieb den ganzen Vormittag sehr niedergeschlagen. Dann gab er den Befehl zum Aufbruch: Unterwegs suchte man zuerst nach Spuren der Verschollenen, doch liefen die Kamele bald sehr rasch, so gab man das Spähen auf. Schon in den ersten Nachtstunden gelangte der kleine Zug vor die Pyramiden. Zum erstenmal vermochten sie es, Paolo einen tatsächlichen Eindruck zu machen. Die Großartigkeit des Todes schien ihn erfaßt zu haben. ›Liegt Fatimes Base darunter?‹ durchzuckte ihn der absonderliche Gedanke. ›Wie dumm!‹ sagte er sich und griff nach dem eigenen Puls. ›Also etwas Fieber!‹ hatte er bemerkt. Nun ängstigte er sich noch mehr. Das Sterben – die Pyramiden – wenn er selbst diese Steinlast bald tragen sollte?

Rasch ward dann das Mena-house erreicht. Zutiefst beklommen, trat der Levantiner ein. Er wußte, nun sollte er Bericht erstatten, sein Name würde in die Zeitung kommen... dies aber war ihm zuhöchst peinlich. Er besaß nicht genug Verstand, um einzusehen, daß es anders sein konnte, ja mußte. Schon bei den Pyramiden hatte große Aufregung unter den Arabern geherrscht. Nicht um ihn bangte ihnen, ganze Karawanen mochten im Wirbelsturm der Wüste zugrunde gegangen sein! Seine Rückkehr erfreute nur. Das Opfer der Lustfahrt, eine Nubierin, sollte belanglos bleiben. Zu seiner großen Freude sah diesmal der doch recht eitle junge Mann, daß er keineswegs Mittelpunkt eines großen Ereignisses geworden war! Im Laufe der ganzen Nacht liefen Hiobsbotschaften über verunglückte Wüstenreisende ein. Schon am nächsten Tag konnte er sich, ohne weitere Bezahlung des Arabers, nach Kairo begeben. Der bereits geleistete Vorschuß genügte vollauf für die zwei, abseits von der zivilisierten Welt, verbrachten Tage. In Kairo scheute er keinen Vorwurf Fatimes. Er begab sich in das Haus ihrer Eltern und fand sie daheim. Schwarzgekleidet trat ihm das Mädchen entgegen.

Paolo fragte sie erstaunt: »Wie kommt es, Fatime, daß Ihr wißt, daß uns allen Unheil zugestoßen ist?«

»Nicht davon redet,« antwortete die junge Nubierin, »sondern erklärt Euren Frevelmut.«

Paolo war bestürzt. »Daß ich Euretwegen umgarnt wurde,« sagte er dreist, »wird niemand leugnen. Ihr habt mit mir gespielt, mein Blut in höchste Wallung gebracht; ich suchte Zerstreuung in der Wüste; Rettung vor dem eignen, durch Euch vergifteten Innern. Ihr aber habt Euch als Wilde gezeigt, mir eine Spionin nachgesandt.«

Fatime warf sich den Schleier vors Gesicht und rief: »Machen wir uns gegenseitig keine Vorwürfe. Kein Wesen soll durch unsere Liebe geboren werden: eines aber ist für uns gestorben. Ich kann hier nicht länger bleiben, bringt mich nach Europa!«

»In Europa!« sagte triumphierend Paolo, »Ihr wißt, was Ihr in bezug auf dieses Wort versprochen habt!«

»Ich halte alles, trotz der Toten! – Nun geht!« setzte sie hinzu, »kehrt nicht wieder, bevor Ihr mich aus Ägypten entführt!«

Die Mittel mit Fatime zu reisen, hatte der Levantiner; Lust, diesen Plan durchzuführen, jedoch nicht. Immerhin fühlte er sich dazu verpflichtet, der Gedanke an die Verunglückte gab ihm keine Ruhe. So begab er sich zu Fuad nach Alexandria und legte ihm alle Umstände klar auseinander. »Ihr seht,« bedeutete er ihm, »ein Opfer ist schon gefallen. Laßt Fatime reisen, gebt ihr die Freiheit wieder, verfolgt auch mich nicht, ich bin dem Mädchen gewogen. Vor mir hat sie sich keineswegs zu fürchten. Ihr Versprechen sei ihr zurückerstattet; erlaubt bloß, daß ich das meine halte. Von Euch fordre ich jedoch Sicherheit in meiner Heimat, in Ägypten, wenn ich heimkehre.« – Fuad sah die Richtigkeit dieses durchschnittlichen Gedankenganges ein und meinte etwas verächtlich: »Bleibt augenblicklich ruhig in Alexandria, nehmt aber zwei Plätze erster Klasse in getrennten Kabinen zum nächsten Lloyddampfer nach Triest. Begebt Euch auf das Schiff; das Mädchen bringe ich, eine Stunde vor Abfahrt des Dampfers, an Bord. Begleitet sie nach Europa, kehrt bald zurück; Fatime wird hiermit Eurem Schutz übergeben. Ägypten rechnet nicht mehr auf sie. Möge Europa der Nubierin günstig sein!« – Paolo war selig, er tat, wie ihm der mohammedanische Fanatiker geraten hatte.

Als sich der junge Levantiner an Bord der Thalia begab, sah er von ferne auf dem Deck erster Klasse Fatime, die sich um ihr Gepäck zu schaffen gab. Sie mochte soeben angekommen sein. Sowie ihn das Mädchen auf dem Molo erkannt hatte, grüßte es mit Winken der hellbraun behandschuhten Nubierhand. Als die zwei beieinander waren, meinte Fatime: »Seien wir fröhlich, es geht nach Europa, denken wir nicht mehr an die im Wirbelsturm umgekommene Base!«

Paolo, der eigentlich nicht wußte, warum er nun reisen sollte, sagte zu sich selber: ›Lange bleibe ich diesmal nicht dort oben, aber manche lustige Woche soll es werden!‹ Er war schon einigemal in Europa gewesen. – Fatime hatte sich gefreut, nach dem gepriesenen Westen zu kommen. Immerhin galt es ein Abenteuer, das unangenehm hätte ablaufen können, nun vergnüglich zu seinem Ende zu bringen. Vielleicht hatte ihn auch die Erfreutheit Fatimes über die Reise in den fremden Erdteil frohgemut gestimmt. Solange das schöne Dampfschiff im Hafen lag, schritten die zwei das Deck erster Klasse munter ab und machten Pläne. Fatime wollte nach Venedig, Paolo nach Nizza: In einem aber waren sie einig, das Ziel mußte schließlich Paris sein! Kaum hatte das Schiff die Anker gelichtet, als in die behagliche Stimmung ein Mißton kam. Ein anderer junger Levantiner war der Nubierin aufgefallen. Aus welchem Grunde, wußte sie selber nicht. Bald richtete auch er neugierige und zugleich stechende Blicke auf Fatime. Kaum hatte das Paolo gemerkt, als auch seine Eifersucht wach werden mußte. ›Doch,‹ dachte er sich, ›mir kann das gleichgültig sein; kaum in Europa angelangt, verlange ich den Preis meiner Mühe und Ausdauer: Zieht das dunkle Mädchen dann mit einem Weißen weiter, so kann mir das nur angenehm sein. Sich eines Mädchens zu entledigen, ohne daß sich ein Ritter zum Ersatz einfindet, ist ja immer peinlich.‹ Ein Tamtam erklang: In der ersten Klasse wurde zum Mittag gerufen. Es waren nur Weiße zugegen, Paolo fühlte sich sofort in der Gesellschaft der Nubierin unangenehm berührt. Fatime war noch ganz naiv, merkte nicht, daß ihre Anwesenheit Ärgernis erregte. Der Steward wies ihr und Paolo zwei Plätze am untern Tische an. Nicht die ganze Tafel war ja besetzt. Diese Absonderung genügte jedoch nicht. Zwei Amerikaner und drei Amerikanerinnen wollten sich nicht niedersetzen und schimpften auf Englisch über die dunkelfarbige Passagierin erster Klasse. Paolo verstand wohl, was man da sagte, das nubische Mädchen jedoch nicht. Er blickte sie vorwurfsvoll an. Sie erwiderte mit breitem Lächeln. Gleich darauf trat ein Offizier ein und entschuldigte sich im Namen der Gesellschaft bei den westlichsten Westländern. Als Paolo die Parteinahme an Bord zugunsten der Amerikaner und gegen seine Begleiterin festgestellt hatte, bat er Fatime, mit ihm den Speisesaal zu verlassen. Das Mädchen war bestürzt, konnte den Grund nicht einsehen. Draußen verhandelte er mit einem Steward, der in einer größeren, leergebliebenen Kabine für beide decken sollte. Endlich verschwieg Paolo der Nubierin den Grund des Auftrittes im Saale nicht. Das arme Mädchen fühlte sich ganz unglücklich, raste aus der Kabine, hatte halb die Absicht, sich ins Meer zu werfen. Doch geriet sie bei ihrem Laufen über Deck in einen Knäuel von Menschen. Der andere Levantiner hatte ihre Partei genommen und sprach nun aufgeregt, erzürnt mit dem Kapitän und andern Offizieren des Lloyddampfers. Diese leibliche Hemmung zum letzten Entschluß der Nubierin sollte nun auch eine seelische werden. Sie hatte unter den Bleichgesichtern einen Kavalier gefunden, der unter Umständen für ihre dunkle Haut seine eigne weiße einsetzen wollte. Man schien gar nicht weit von einer Prügelszene entfernt zu sein. Nun ging es Fatime wie ein Blitz durch den Sinn: ›Der ritterliche Alexandriner war ihr schon einmal begegnet. Er konnte kein andrer gewesen sein, als der junge Mann, den sie unter der hellerleuchteten Markise entdeckt hatte, als sie von der dicken Nubierin von der Straße weg auf ihr Dienstbotenzimmer mitgenommen wurde. Das afrikanische Blut regte sich; da dieser Mann ein Levantiner war, mußte er Arabisch verstehen. In dieser Sprache wandte sich nun Fatime an ihn: »Du, Alfonso Capello, sollst mich in Europa bekommen, nicht der feige Paolo Jeroniti. Ich bin noch eine Jungfrau.«

Der also Angesprochene, des Arabischen durchaus mächtig, war sehr erstaunt, besonders da er seinen Namen aus dem Munde einer vollkommen unbekannten Nubierin in auffallenden Kleidern zu hören bekam. »Mademoiselle,« erwiderte er, »ich erfülle bloß meine Pflicht als Gentleman und in Ägypten geborener Europäer.«

»Sind alle Menschen hier so gräßlich, oder nur die Engländer, die Amerikaner?« fragte Fatime.

Worauf Alfonso erwiderte: »Das Vorurteil gegen dunkle Menschen ist bei weißen Völkern allgemein. Ihr Begleiter hätte das wissen müssen, um Ihnen solche Unannehmlichkeiten zu ersparen. Am allerhärtesten benehmen sich in solchen Fällen Engländer und besonders Amerikaner.«

Weiter wurde das Gespräch nicht geführt, da Paolo auf dem Plan erschien und Alfonso wütend ansprach: »Was mischen Sie sich in fremde Angelegenheiten ein? Das Mädchen gehört mir. Sie scheinen mir ein unverschämter Schürzenjäger zu sein!«

Im gleichen Augenblick saßen ihm zwei Ohrfeigen, eine rechts, die andere links, schräg über die Backen, im Gesicht. Zurückschlagen konnte er nicht, denn schon hatte ihm ein Maschinist des Dampfers, der soeben vorüberging, die Arme festgehalten. Es blieb ihm nichts andres übrig, als wutschnaubend gegen Alfonso Schmähungen hervorzubringen, mit einem Duell zu drohen.

Fatime hatte sich unterdessen ganz eindeutig auf die Seite Alfonsos geworfen und schrie: »Mit ihm reise ich nach Europa, du hast dort nichts von mir zu erwarten.« Die Parteien wurden gesondert. In seiner Kabine überlegten sich der Geohrfeigte und zwei Offiziere des Dampfers, ob ein Duell möglich wäre. Nur in Triest konnte es ausgefochten werden. Die Offiziere des Schiffes durften keine Partei für einen Gast nehmen, vermochten es nicht, Sekundanten zu sein. Der Kapitän sprach mit einigen Passagieren, die meinten, Paolo wäre nicht satisfaktionsfähig, um eine Schwarze schlage man sich überdies nicht. Alfonso, der seine Ehre nicht angegriffen sah, brauchte sich um das Duell nicht zu kümmern: Er ging zu allen Mahlzeiten, wurde auch bei hohem Seegang, der sich am zweiten Tag der Reise oberhalb Kretas ereignete, keineswegs krank, freute sich, seines geohrfeigten Rivalen Paolo nicht ansichtig werden zu müssen. Allerdings hatte dieser, bevor vierundzwanzig Stunden um waren, Alfonso durch den zweiten Kapitän sagen lassen: »Auf hoher See ist es nicht möglich, Sekundanten auszubringen, in Triest wird der Ehrenhandel ausgetragen!«

Alfonso sagte darauf lächelnd zu Paolos Kartellträger: »Schon recht!«

Paolo rührte sich nicht aus seiner Kabine; am ersten Tage aß er kaum, weil er zu aufgebracht war. Am zweiten erfaßte ihn die Seekrankheit und verließ ihn erst am vierten in der oberen Adria, als die See zur Ruhe kam. Fatime fühlte sich so tief gekränkt, daß sie nicht zu unterscheiden wußte, wann ihr seelisches Unbehagen in leibliche Seekrankheit überging: Sie wollte niemanden sehen, ließ keinen Menschen eintreten. Sie hatte eine Flasche Kognak bei sich und nährte sich vier volle Tage davon. Als es zum letztenmal vor der Ankunft in Triest Nacht geworden war, begab sie sich gut eingehüllt auf Deck. Rechter Hand sah sie ein Leuchtfeuer von einer der Dalmatinischen Inseln herüberblinken. ›Europa,‹ durchzuckte es sie. Das Schiff hatte wohl in Brindisi gehalten, doch sie, durch Beleidigung stumpf geworden, davon nichts bemerkt. – Es war nun eine wunderbare Sternennacht. Die Klarheit des Winters paarte sich mit linden Südlüften, die aus Afrika über das Mittelmeer den Lenz brachten. Auf einmal fühlte sich das Mädchen zutiefst ergriffen, beinahe glücklich, Schmach und Unwille waren vergessen. Sie ging bis ans äußerste Heck des Schiffes, wo sonst die Fahne weht, und auf einmal sang sie die Liebesarie aus der Aida. Niemals noch, das fühlte Fatime, hatte sie so schön gesungen. Mehrere Passagiere wurden aufmerksam, lauschten; zwei englische Kinder waren nah an sie herangekommen und gaben ihr die Hand, als sie ausgesungen hatte. Sie aber blickte nun lange ins Meer und bemerkte, wie Delphine beim Schaumaufwirbeln mit der Schraube des Dampfers wetteiferten. Das Ergreifende eines Naturschauspiels war ihr wunderbar aufgegangen und wehmütig dachte das Mädchen an die nubische Heimat am Nil. Auf einmal merkte es, daß sich ihm eine männliche Gestalt näherte. Fatime blickte auf. Alfonso stand vor ihr.

»Ich habe gehört, Sie seien krank gewesen, fühlten sich aber nun wohl!« redete er die junge Nubierin auf Italienisch an.

Sie antwortete: »Ich danke Ihnen, ich fühle mich selig, daß ich morgen in Europa landen werde.«

»Sie haben sehr schön gesungen,« setzte der Levantiner das Gespräch fort, »gerne würde ich Sie auch hören.«

»Das soll sein,« rief das Mädchen beherzt, »nun ist es spät geworden ... alle haben sich niedergelegt, so werde ich für Sie, die Delphine und Sterne singen.« Und schon begann das Mädchen die Sterbensszene aus der Afrikanerin vorzutragen. Alfonso war sehr gerührt und fragte die junge Nubierin, ob sie Sängerin von Beruf wäre.

Sie antwortete plötzlich sehr betrübt: »Für mich gibt es nur zwei Rollen, die Aida und die Afrikanerin.« Sie erwartete, Alfonso würde ihr sagen, wenn man so schön singt, könne man auch die Eleonore singen.

Er aber meinte: »Nun, dann treten Sie nicht auf, bleiben Sie bei mir und singen Sie nur mir vor.«

Fatime aber sagte: »Vielleicht morgen oder übermorgen, heute würde ich mich erkälten.« Und weg war sie.

Am nächsten Morgen war ein strahlendes Wetter und man entdeckte die schneebedeckten Alpen über dem Meer. Fatime hatte ein nilgrünes Wollkleid an: sie verglich es unwillkürlich mit dem Himmel über Europa: wie glichen sich die Farben zu dieser frühen Stunde! Das Wasser war anders: heller – seine ungeheure Wogenpracht wälzte sich, unter perlmutternder Glasur, lila Fernenglanz entgegen. Nur zu Füßen eines in seine Tiefen Blickenden offenbarte das Meer sein herrliches Kobaltblau. Noch schienen die weiten, weiten Gletscher und Schneegipfel mit Morgenrot gesprenkelt. Die Nubierin blickte auf ihre Brust: dort fehlten die Kamelien. Fatimes Blumen! Kein warmer Rosenhauch liegt dort auf Wolken und Gebirgen, ging es ihr durch den Kopf: Die kalte Kamelie ist das freudig faßliche, leicht zugegene Sinnbild eisiger Höhen zu junger Blutstunde. Fatime hatte nie Schnee gesehen, doch Paolo sprach ihr oft davon, er hatte ihr sogar versprochen, sie nach Sankt Moritz mitzunehmen. Obschon sie die Natur nur selten anging, so konnte die Nubierin ihre Schönheit doch plötzlich eigenartigst fassen. Beinahe überkam sie da zur Stille berufende Schau der Seele. Doch diesen Zustand verstand sie rasch los zu sein: Fatime wollte singen, singen, jubeln – Europa zu.

Bald schwand der Alpen sachter Purpur, gegen Mittag verblaßten die nun viel näheren Schneegebirge fast ganz. Eine weiße Stadt, wie das glänzende Gebiß eines Meerungeheuers erschien über dem Horizont. ›In diesen Schlund soll ich geraten,‹ dachte sich Fatime. Sie war stundenlang allein auf Deck gewesen. Nun erschien Alfonso.

»Guten Morgen, Mademoiselle,« grüßte er, »das ist Triest, sind Sie bereit, in Europa an Land zu gehen? Kann ich Ihnen in der Fremde behilflich sein?«

Fatime nickte: »Bleiben Sie bei mir, schützen Sie mich vor Paolo.«

»Hat er Ansprüche auf Sie?« fragte Alfonso.

»Jawohl,« erwiderte Fatime, »schlagen Sie sich mit ihm, töten Sie ihn, damit ich ihn los sei!«

»Warum, hassen Sie ihn?« erkundigte sich etwas betroffen Alfonso.

»Nein, aber ich liebe zweierlei,« erwiderte die Nubierin, »vor allem meinen Gesang, dann aber auch Sie.«

Als die ›Thalia‹ im Hafen von Triest angelegt hatte, begab man sich über ein breites Fallrep an Land. Im Gedränge kamen sich noch an Bord des Schiffes Paolo und Alfonso nah. »Feigling!« rief Paolo und gab Alfonso einen Rippenstoß. Der wurde sofort erbittert. Im gleichen Augenblick aber waren die Rivalen auch schon wieder getrennt. Zwei Beamte der österreichischen Polizei schrieben sofort die Namen der beiden feindlich gesinnten Alexandriner auf und sorgten an Land dafür, daß sie sich nicht träfen. Auch wurde von einem Polizeioffizier das Nötige veranlaßt, damit die beiden Herren in verschiedenen Hotels unterkämen. Da sich einige Passagiere als Zeugen einmengten, wurde auch der jungen Nubierin geraten, in einem andern Hotel abzusteigen. Überdies wurde sie, obschon Fahrgast erster Klasse, gefragt, wie lange sie sich in Triest, in der österreichischen Monarchie überhaupt aufzuhalten gedachte. Sie sagte: »Nach drei Tagen spätestens fahre ich nach Venedig«. Worauf sich die Herren der Behörde mit höflichem Gruß entfernten. Fatime, als sie nun allein mit ihrem wenigen Gepäck im Wagen saß, war es unangenehm zumute. In einem Hotel, ›Aquila Nera‹, also ›Zum schwarzen Adler‹, wurde sie abgesetzt. Die Nubierin merkte nun, daß sie kaum Geld zum Bezahlen der Droschke hatte. Wo befand sich Paolo, der doch ihr Reisebegleiter sein sollte? Sie entschuldigte sich, daß sie nur ägyptisches Geld hatte, bat den Portier, den kleinen Betrag auszulegen. Im Fremdenbuch schrieb sie sich als Opernsängerin ein. Alfonso dachte zuerst nicht an Fatime, sondern bloß an den Insult Paolos, ohne zu bedenken, daß doch er ihm vor ein paar Tagen auf dem gleichen Dampfer Ohrfeigen gegeben hatte. Er lief als Stadtkundiger in Triest sofort in die Fechtschule und erkundigte sich nach den zwei Lehrern Barbasetti und Caragnani. Barbasetti, erfuhr er nun, befand sich augenblicklich in Mailand bei einem Turnier; Caragnani gäbe soeben Unterricht. Da nahm Alfonso eine Visitenkarte und schrieb ein paar Zeilen, in denen er sich auf einen gemeinschaftlichen Freund Demetrio Adelchi-Cremaschi berief, und sandte sie dem beschäftigten Fechtlehrer. Nach zwei Minuten erschien der ausgezeichnete Meister seiner Kunst, empfing den Alexandriner höflichst und fragte ihn nach seinem Begehr. Alfonso verlangte ein menschenleeres Zimmer, um ihn seine Angelegenheit erklären zu können. Unter vier Augen sagte er ihm alles, wie es stünde. Caragnani meinte nun, es sei sehr schwierig, nach dem Ehrenkodex vorzugehen, um in dem Fall korrekt zu bleiben. Er selbst könne nicht entscheiden, ob ein Duell noch möglich wäre, da vier Tage seit der Forderung vorüber wären. Dies um so mehr, als Paolo sich beim Ausschiffen nicht hätte beherrschen können und Alfonso, nachdem die Forderung ergangen war, angegriffen habe. Freilich stünde der Fall überhaupt fraglich, da keine zwei Zeugen das Kartell übernommen hätten.

Alfonso sagte, nötigenfalls würde er Paolo nochmals provozieren und fordern.

Caragnani meinte aber, vielleicht sei eine chevalereske Lösung unter allen Umständen ausgeschlossen, da sich Paolo möglicherweise unritterlich benommen habe; jedenfalls versicherte er, Alfonso seinen Beistand gewähren zu wollen.

Die zwei Herren waren eben dabei, sich zu empfehlen, als Caragnani ein neuer Besuch angekündigt wurde. Er schmunzelte und sagte Alfonso: »Warten Sie einen Augenblick, ich werde den Herrn im Nebenzimmer empfangen.« Wie der Fechtlehrer vermutet hatte, handelte es sich um dieselbe Sache. Zwei Freunde des in Triest sehr bekannten Paolo waren erschienen und baten Caragnani um Ratschlag und Hilfe, gegebenenfalls auch einige Stunden im Fechten, vor Austragung des Ehrenhandels. Caragnani zeigte sich ablehnend, erzählte, zum Erstaunen der zwei Herren, daß er schon über den Vorfall im Bilde war. Immerhin gab man sich die Adressen und Caragnani versprach noch am gleichen Abend den Zusammentritt eines Ehrenrats. Die Herren nahmen Abschied und entfernten sich. Gleich darauf trat Caragnani ins Zimmer zu Alfonso und sagte ihm kurz, daß der Ehrenrat noch am gleichen Abend seine Entscheidung treffen sollte und entschuldigte seine Eile mit dem unterbrochenen Fechtunterricht. So ging denn auch Alfonso. Auf der Treppe hörte er aufgeregtes Sprechen – und als er näher hinhorchte, unterschied er die Stimme Paolos. Er hatte offenbar seinen Kartellträgern ungeduldig aufgelauert und schien mit dem Ergebnis unzufrieden. Alfonso, stürmisch aufgebracht, lief die Treppe hinunter, griff den überraschten Paolo beim Ärmel und gab ihm das Wort ›Feigling‹ wie eine schallende Ohrfeige zurück. Der kräftigere Paolo verteidigte sich. Es kam zu einem Gebalge, in das die Kartellträger eingreifen mußten. Ein Menschenauflauf entstand, und der schwerer geschundene Alfonso mußte blutüberströmt in eine Apotheke gebracht werden; verbunden, brachte man ihn dann ins Hospital.

Der wenig verletzte Paolo konnte sich mit seinen zwei Verbündeten aufgeregt ins Hotel begeben. Er hat es im Laufe des Tages und der darauf folgenden Nacht nicht verlassen.

Fatime befand sich noch immer mittellos auf dem Pflaster von Triest, ohne irgendeinen Bekannten in Europa. Wo mochte Alfonso sein? Wo Paolo? Sie bummelte durch die Straßen und kam zum Teatro Grande. Gegeben wurde: »La forza del destino« von Giuseppe Verdi. ›Da hinein muß ich‹, dachte sich sofort die junge Nubierin. Obschon es kaum Mittag war, die Opernaufführung erst um neun Uhr, ohne die italienischen Verspätungen zu berechnen, anfangen sollte, begab sich Fatime auf ihr Zimmer und kramte in ihren Sachen, um sich für den Abend schön zu machen. Was sie an auffälligen Bändern, Federn und anderm Kram aus ihrem spärlichen Gepäck zusammenholen konnte, steckte sie auf ein hochrotes Gewand. Der ganze Nachmittag verstrich. Sie dachte nur an die Oper, sang sogar ein paar Melodien, die sie auswendig konnte. Alfonso und Paolo hat ihre Erinnerung überhaupt nicht gestreift. Plötzlich schellte sie, ein Kellner im Frack erschien und machte eine Verbeugung. Schicken Sie mir den besten Gesanglehrer der Stadt, befahl das singlustige junge Mädchen. Der Kellner verbeugte sich. Fatime konnte sein Lächeln nicht bemerken. Nach etwa einer Viertelstunde klopfte der Direktor des Hotels und erkundigte sich, ob Fatime wirklich einen Gesanglehrer beanspruchte. Sie bestand darauf. Der Direktor versprach, Erkundigungen einziehen zu wollen, welcher der beste wäre und versicherte, wahrscheinlich würde Signor Sinico am nächsten Morgen bereits erscheinen. Bei Gedankenspielen, dem Aufbau von Luftschlössern, verging der Nachmittag rasch. Als es dunkel geworden war, bestellte Fatime ein Diner. Es wurde ihr serviert. Nun erst merkte sie an ihrem Appetit, daß sie lange nichts gegessen hatte. Als es mit Obst sein Ende erreicht hatte, verspürte die Afrikanerin mehr Hunger als zuvor; sie schellte, verlangte das ganze Diner noch einmal. Der Kellner fragte verdutzt: »Kommt noch jemand? Herrenbesuche sind nicht gestattet.« Fatime aber sagte, sie hätte nicht genug gehabt, wolle das gleiche noch einmal. Es wurde ihr, ohne besonders auffälliges Lächeln um die Züge des Servierenden, gebracht. Als nun das Mädchen gesättigt war, begab es sich in dickem Mantel auf die Straße. Ein feiner Regen ging nieder. Fatime ging auf die Theaterdirektion und verlangte als Sängerin eine Freikarte. Sie wurde ihr verweigert, da sie keinen Ausweis hatte; Fatime ließ sich aber nicht beirren und sang unaufgefordert das Liebeslied aus der Aida. Als sie geendet hatte, klatschte der Beamte und sagte, er wolle die Tatsache, daß Fatime eine Sängerin sei, dem Direktor berichten. Er erschien, erklärte aber, das Haus sei ausverkauft. »Das tut nichts,« sagte Fatime; »ich kann der Vorführung hinter den Kulissen beiwohnen.« Worauf der Direktor sagte: »Das geht wohl nicht, aber in meiner Loge« – und dabei seinen Arm um die Taille der Nubierin legte. Das in Alfonso verliebt gewesene Mädchen aber hatte auch von diesem Alexandriner etwas gelernt und haute dem Theaterdirektor eine runter. Im nächsten Augenblick war sie von Beamten am Arm ergriffen worden und aus der Theaterdirektion vertrieben. Einige Schimpfworte auf ihre Heimat, ihre dunkle Hautfarbe, hörte sie von zwei Männerstimmen über die Stiege nachgellen. Fatime gab es noch immer nicht auf, der Vorführung beizuwohnen. Sie lauerte vor dem Haupteingang, ob sie nicht jemand auffordern würde, mitzukommen. Das aber geschah nicht. Gassenjungen hatten ihre Freude an dem schwarzen Mädchen, das so neugierig alle Ankömmlinge ansah, und verspotteten es mit Zoten und derben Worten. Fatime aber wollte ins Theater! Auf einmal sah sie einen Ägypter in Fez mit seiner olivfarbnen Gemahlin einer Droschke entsteigen. Sie rief ihren Landsmann auf Arabisch an und verlangte, mitgenommen zu werden. Der aber drehte sich um und drohte ihr, der Nubierin, mit der Polizei. Das war doch zu betrüblich. ›Ich werde es Fuad berichten,‹ dachte sie, und begab sich allein ins Café, gegenüber dem Theater, wo eigentlich nur Herren verkehrten, da es zur Börse gehörte. Sie bestellte einen Kognak, einen Kaffee und ägyptische Zigaretten. Als sie zu rauchen anfing, rollten ihr die Tränen über Wangen und aufgedonnertes, knallrotes Gewand. Neben ihr saßen zwei Griechen und beobachteten sie. Fatime dachte in dem Augenblick nicht ans Theater, sondern bloß an die Zeche, die sie mit ihren letzten Piastern, also mit fremdem Geld, hätte bezahlen müssen. Griechisch konnte sie nicht, aber Griechen waren ihr vertrautere Menschen als andre Triestiner.

So wandte sie sich denn an den Jüngern und sagte auf Italienisch: »Würden Sie die Freundlichkeit haben und mir ein paar Piaster in österreichisches Geld umwechseln; ich bin heute auf der ›Thalia‹ angekommen.«

Der Grieche sprang auf, setzte sich zur hübschen Nubierin und fragte, ob sie nicht noch andere Wünsche hätte.

»Jawohl,« sagte sie, »ich möchte in die Oper.«

Der junge Grieche erwiderte, das Theater sei ausverkauft, doch würde er es versuchen, sie wenigstens in den zweiten Akt zu bringen. Er verschwand, nachdem er versprochen hatte, nach einer Viertelstunde wieder da sein zu wollen. So geschah es. Fatime wurde aufgefordert, wenn der erste Akt aus sein würde, in die Loge einiger griechischen Freunde, die immer nach dem Ballett weggingen, kommen zu wollen. – Sie war zuhöchst erfreut. Die Aufführung gefiel ihr maßlos. So viel verstand sie schon, hier spielte das Orchester ausgezeichnet, das Szenarium war eindrucksvoller als in Ägypten. Jede Choristin schien ihr eine Künstlerin zu sein. Und das Haus selbst! Wie hoch reichte es hinauf! Oben schwebten im Halbdunkel nackte Figuren und andre schöngezeichnete üppig ausladende Stukkaturen. Ein Riesenlüster, voll von hellsten Lichtern, schien aus herrlicher Sternennacht zu den Menschen herniedergeflogen zu sein. Bis hoch, hoch hinauf war das Theater besetzt: In Samt und Seide gekleidete Damen – nur Europäerinnen – saßen in den rot gepolsterten Logen mit reichen Brokatvorhängen. Endlich fühlte sie etwas von europäischem Rausch um sich. Nachdem der Vorhang zum letztenmal gefallen, lud ihr griechischer Ritter Fatime zu einem Abendbrot ein. Sie nahm an, aß aber bloß einige Portionen buntes Eis und trank eine halbe Flasche billigen Sekt, der aber süß war. Nun lud sie der galante Herr in sein Haus ein.

Sie erzählte jedoch, sie habe dem, der sie aus Ägypten mitgenommen hat, die Brautnacht in Europa versprochen; überdies müsse er sich nun sogar ihretwegen schlagen.

Der Grieche verstand das. Er sagte ihr: »Die Ausgaben für eine Reise von Alexandria nach Europa sind so groß, daß der Herr das Recht beanspruchen kann, Sie zuerst zu haben.« –

»Da ich heute zurücktrete,« meinte er nun, »wird der andre wohl auch das Verständnis dafür haben, daß ich Sie, nach Abwicklung seiner Ehrenhändel, auch auf ein paar Tage beanspruche!« –

Fatime war das, was in Zukunft kommen sollte, gleichgültig: Sie verlangte nur, des strömenden Regens wegen, in bezahlter Droschke ins Hotel gebracht zu werden. Ihr Wunsch wurde ihr von dem Griechen, dem des Alexandriners Absichten zu Duellen tiefen Eindruck gemacht hatten, erfüllt.

Der Ehrenrat war im Fechtklub, unter dem Vorsitz seines Präsidenten, der zugleich Bürgermeister der Stadt war, zusammengetreten. Nach langer Debatte, einigte man sich, daß das Duell stattfinden konnte, sogar mußte: Den Regeln des Codex der Chevalerie ist zwar nicht entsprochen worden, doch war dies auch auf dem Schiff unmöglich. Es wurde bestimmt, daß der Zweikampf in der Villa eines Stadtrats, gleich nach der Herstellung Alfonso Capellos, stattfinden sollte. Sowohl Paolo, als auch Alfonso, sind damit einverstanden gewesen. Beide erkundigten sich nach Fatime, keinem aber fiel es ein, daß das Mädchen ohne Geld war. Trotz des wenigen Gepäcks hatte sie jedoch im Hotel Kredit. Am Tage nach ihrer Ankunft, dem Abend in der Oper, wollte sie erfahren, was aus Alfonso, was aus Paolo geworden war. Sie hatte keine Möglichkeit, eine Droschke zu mieten, lief aber trotzdem in die größten Hotels und erkundigte sich nach den beiden Alexandrinern. Im Hotel de la Ville erfuhr sie, daß Alfonso dort abgestiegen, jedoch nach einer Balgerei verwundet ins Hospital gebracht worden war. Nun wollte sie sofort dahin, hatte aber nicht das Geld, einen Führer zu nehmen und irrte durch die Straßen. Da kam sie an dem Hotel Delorme vorbei und fragte sofort nach Paolo. Sie war richtig gegangen, erfuhr, daß er tatsächlich da wohnte. Nun erfaßte sie aber Schreck und sie lief davon. Auf der Straße fragte sie eine Frau nach dem Hospital. Sie konnte ihr nur die Richtung angeben. Auf ihrem Wege kam sie vor die Redaktion der Tageszeitung: Il Piccolo. Kurz entschlossen trat sie ins Bureau ein und fragte, ob man schon wüßte, daß ihretwegen eine Schlägerei vorgekommen war; vielleicht ein Duell stattfinden würde? Der Lokalredakteur wurde gerufen und erklärte, daß ihm darüber nichts bekannt wäre. Der Chefredakteur jedoch versprach Fatime, innerhalb von zwei Tagen, ein Interview mit ihr zu bringen, in dem sie den Fall klarlegen sollte. Die Nubierin willigte ein, verlangte aber Vorschuß. Lächelnd begab sich der Redakteur aus Telephon und fragte im Hotel de la Ville an, ob der Nubierin Angaben, Alfonso Capello betreffend, stimmten. Da dies der Fall war, wurde ihr ein Honorar von zwanzig Gulden ausgehändigt. Hocherfreut über das Geld, nahm sich Fatime eine Droschke und fuhr zum Hospital. Man wollte sie nicht vorlassen; als sie aber dem Arzt auseinandergesetzt hatte, sie müsse ein Duell verhindern, ließ man sie zu Alfonso. Soeben waren ja geheimnisvolle Herrn bei ihm gewesen. Er hatte das Duell angenommen, erklärt, nach der Ärzte Dafürhalten, würde er nach zwei Tagen das Hospital verlassen können und wäre dann sofort bereit, sich zu schlagen. Das Erscheinen Fatimes regte ihn sehr auf. Als die beiden allein gelassen wurden, riet sie ihm unbedingt zum Duell. Sie wüßte, sagte sie, daß er, Alfonso, sie vom schmählichen Paolo befreien würde. Auch ihre Base aus der Wüste müßte gerächt werden. Beim Abschied umarmte sie Alfonso und lispelte ihm ins Ohr: . . . »In Europa . . . nun sind wir da!«

Das Mädchen nahm sich abermals eine Droschke und fuhr ins Hotel, um auf Kredit ihr Mittagsmahl einzunehmen. Am Nachmittag bummelte sie durch die Hauptstraßen, blieb vor den großen Läden auf dem Corso stehn und kaufte sich für sechzehn Gulden einen brokatnen Schal. Den trug sie recht auffallend über den Mantel gehängt, um dadurch im Hotel einen größern Kredit zu haben. In ihrem Zimmer legte sie sich nieder, und als es acht Uhr war, wurde an ihre Tür geklopft. Ein Kellner brachte die Nachricht, ein Herr erwarte sie in der Halle. Fatime sprang auf, lief hinunter und siehe da – der Grieche des vorigen Abends war in höchstem Wichs erschienen. Er lud Fatime zum Abendbrot und nachher abermals in die Oper ein. Gegeben wurde Donizettis »Lucia von Lamermoor«. Freudestrahlend nahm die Nubierin an. Nachdem man gut gegessen hatte, – besonders der Fisch mundete ausgezeichnet – begaben sich die zwei ins Theater. Abermals befand sich das dunkle Mädchen, doch mit dem neuen Goldbrokat, wodurch sie neu toilettiert aussah, in der Loge griechischer Börsenspekulanten. Diesmal fiel sie sehr auf. Auch der Reporter der Zeitung war erstaunt und erfreut, die Besucherin der Redaktion wiederzufinden. Er dachte wohl nicht, daß er sich schon an diesem Abend würde journalistisch mit ihr zu beschäftigen haben. Da es eine Premiere war, ist auch der am Vortag geohrfeigte Theaterdirektor dagewesen. Er redete während der Pause die griechischen Herren an und warf ihnen vor, daß sie eine schwarze Wilde in ihrer Loge angenommen hätten. Georgios, seit zwei Tagen Fatimes Ritter, ließ sich das nicht gefallen und sagte dem Direktor: »Die Ägypterin hat Ihnen eine Ohrfeige auf die rechte Wange gegeben, ein Grieche ohrfeigt Sie auf die linke.« Kaum hatte er es gesagt, so verabfolgte er auch das Versprochene mit Geklatsch.

Natürlicherweise entstand ein großer Tumult. Der Grieche hatte einen Fußtritt empfangen, bevor man die neuen Gegner trennen konnte – und schon war ein zweites Duell im Gange. Nun riet man Fatime, das Theater zu verlassen, da sie Anlaß zu einer unliebsamen Szene gegeben hatte.

Sie aber antwortete, nach dem, was sie bisher gehört habe, wäre die Lucia die allerschönste Oper, sie wolle sie unbedingt bis zum Schluß anhören.

Georgios war aus dem Theater gegangen, und so blieb die Nubierin mit den andern Griechen allein zurück. Da es wieder regnete, ließ sie sich eine Droschke holen und bezahlen: Sie hatte keinen Kreuzer mehr übrig von den verdienten zwanzig Gulden. Die Griechen haben sich, aus Rücksicht auf Georgios, sehr korrekt benommen.

Als am nächsten Tag Fatime spät aufgestanden war, sah sie, daß es regnete. Sie kleidete sich sehr langsam an, nahm in ihrem Zimmer das Frühstück ein und begab sich ins Atrium des Hotels.

Der Direktor grüßte sie höflich, sprach sie aber kühl an: »Es ist sehr peinlich für mich, daß ein Gast meines Hotels gestern abend im

Theater den Anlaß zu so unliebsamen Auftritten gegeben hat.« Er reichte Fatime den ›Piccolo‹, damit sie lesen sollte, was drinnen stand.

Sie sprach wohl geläufig italienisch, las aber nur mit Schwierigkeiten. Immerhin gelang es ihr herauszubringen, daß tatsächlich der Vorfall in der Oper lang und breit, mit genauen Angaben über ihre Person, berichtet war. Zum Schluß stand noch die Bemerkung, daß für dieses nubische Mädchen mehr als ein Duell ausgefochten werden müßte. Fatime war stolz, daß abermals zwei weiße Herren, diesmal echte Europäer, sich um sie schlagen würden. Sie ließ eine Droschke vorfahren und fuhr in die Redaktion der Zeitung. Dort verlangte sie Honorar für die zweite Szene im Theater, durch die anderthalb Spalten des Blattes gefüllt waren. Lächelnd reichte ihr der Chefredakteur abermals zwanzig Gulden. Fatime fuhr nun, bei rieselndem Regen, vor einen Juwelierladen und kaufte sich eine Brosche mit falschen Edelsteinen. Sie erhielt bloß soviel zurück, als nötig schien, um die Droschke zum Hotel bezahlen zu können. Dort angelangt, verweigerte ihr der Hoteldirektor weitern Kredit, worauf sie im Adreßbuch Georgios Anschrift ausfindig machte. Dorthin wurde ein Boy geschickt, um den jungen Griechen abzuholen. Nach etwa zwei Stunden erschien er auch mit einem großen Nelkenbukett, beglich die Rechnung Fatimes, rief einen Wagen herbei und führte die Nubierin in ein benachbartes Hotel: Al buon pastore – Zum guten Hirten. Dort redete er lange in sie hinein, um sie zu überzeugen, daß er nun für sie mehr getan hätte als Alfonso, daß vielleicht auch er in zwei Tagen ihretwegen gespießt würde, daher ein Recht auf die Brautnacht hätte.

Fatime aber ließ sich nicht betören und sagte: »Zuerst Alfonso, dann Georgios – Paolo aber niemals. Er und der Theaterdirektor werden beide im Duell fallen!«

Am Abend führte Georgios Fatime ins Schauspiel, da keine Oper ausgeführt wurde. Gegeben wurde: Die Kameliendame von Alexander Dumas fils, in italienischer Sprache. Diesmal aber wollte sie Kamelien, ihre Lieblingsblumen, tragen und äußerte noch rechtzeitig, als eben alle Blumengeschäfte geschlossen wurden, Georgios gegenüber, diesen Wunsch. Er vermochte es gerade noch, zwischen Tür und Angel einer großen Blumenhandlung, der Nubierin einen auf Draht gebundnen, besonders steifen Kamelien-Strauß zu erstehen. Fatime war entzückt, dankte beinahe überschwänglich und bat Georgios, er solle sie doch in die Schweiz mitnehmen, wo die hohen Berge wie Kamelien in Weiß und Rot schimmerten; sie selbst habe das bereits bei ihrer Ankunft in Europa feststellen können. Georgios verstand sie nicht, lachte aber, um nicht auf ausschweifende Pläne einer Schweizer Reise eingehen zu müssen. Das Teatro Filodrammatico, in das Fatime eintrat, gefiel ihr aber nicht, es erschien ihr noch kleiner, geschmackloser als das Cicinatheater in Alexandria. Auch hatte Fatime noch nie gesprochnes Theater gesehn, ärgerte sich sehr, daß man nicht sang, erkannte aber den Text der Traviata, die sie schon in Alexandria gehört hatte, wie erwartet, wieder. Nach der Vorstellung fuhr Fatime, bei strömendem Regen, ins Hotel zurück. In der Früh, von erquickendem Schlaf gestärkt, begab sie sich, bei klarem Wetter, auf den Bummel durch die Straßen. Sie kam zu einem großen Platz, den prächtige Gebäude säumten. Vor dem Rathaus hockten Bäuerinnen in schmucken, weißen Gewändern und boten Blumen, besonders duftende Veilchen feil. Sie erstand so viele, daß sie Mühe hatte, diese Ladung nach Hause zu schleppen; so bestieg sie, der Blumenfülle wegen, eine Droschke, ließ sie von Georgios, der sie im Hotel seit einer Stunde erwartete, zahlen. Georgios hatte aber auch viele, viele Veilchensträuße mitgebracht und darüber mußten die beiden und alle Anwesenden im Hall lachen. Trotzdem sah sie sofort, daß Georgios sehr aufgeregt war; er flüsterte ihr zu: »Das erste Duell hat stattgefunden, der noch schwächliche Alfonso ist schwer, vielleicht tödlich verwundet. Die Gegner haben sich nicht ausgesöhnt.«

Fatime erschrak sehr, klammerte sich an Georgios und sah ihn flehend an: »Bleib aber wenigstens du morgen Sieger!« Sie hatte ihn zum erstenmal geduzt.

Am Nachmittag brachten schon Abendzeitungen Nachrichten über das Duell. Der Zustand Alfonsos, der eine Stichwunde in den Bauch bekommen hatte, war sehr bedenklich. Paolo, den die Polizei suchte, konnte noch nicht gefunden werden. Fatime forderte Georgios auf: Er solle sie in die Villa des Schwerverwundeten bringen. Man fuhr hin, es wurde aber keiner vorgelassen. Am Abend begaben sich Georgios und Fatime ins Operettentheater. Die nubische Sängerin unterhielt sich, bei der Vorführung des Boccaccio, vortrefflich. Auch gefiel ihr dieses Haus, das Teatro Armonia, viel besser; allerdings hinter dem Teatro Grande blieb es weit zurück, das mußte sie sich, den Raum mit den Augen überfliegend, immer wieder sagen. Bloß zwei große vergoldete Figuren, über dem Goldrahmen der Bühne, machten ihr einen außerordentlichen Eindruck. Die Operette fand sie vergnüglicher als alles, was sie bis dahin gesehn hatte, doch die Stimmen fanden nicht ihre Billigung: Bei jedem hohen Quetschton einer Sängerin, quietschte die Nubierin mit, was im Theater und auf der Bühne doch unangenehm auffallen mußte. Nachts versuchte es dann Georgios nochmals, das Mädchen für sich gefügig zu stimmen, konnte er doch am nächsten Tag ebenso im Duell fallen. Fatime aber blieb unerweichlich: »Wäre Alfonso gestorben, so hätte ich dir nachgegeben« – sagte sie –, »so aber bin ich nicht dazu berechtigt.«

Am nächsten Nachmittag fand das Duell zwischen Georgios und dem Theaterdirektor statt. Der Theaterdirektor wurde leicht verwundet, die Gegner hatten sich nach dem Duell versöhnt. Unterdessen war der Redakteur der Zeitung eingetroffen, um das bereits honorierte Interview bei der nubischen Sängerin vornehmen zu können: Sie hat dabei alles, was sie wußte, was ihr am Herzen gelegen war, ausgesprochen. Gleich darauf kam Georgios an. Sie empfing den Sieger hocherfreut und gab ihm im Dunkel des Atriums zwei beherzte Küsse. Schon aber wurde Fatime in die Kanzlei gerufen: Ein Polizeibeamter forderte sie auf, Triest und Österreich zu verlassen: Die drei Tage, die sie selbst für den Aufenthalt angegeben hatte, wären ohnedies um.

Fatime begab sich zurück zu Georgios und sagte ihm: »Heute abend fahren wir nach Venedig; bevor aber Alfonso nicht tot oder hergestellt, und in dem Fall mein erster Bräutigam gewesen sein wird, kann ich dir nicht angehören.«

Georgios erwiderte: »Eine Abreise von Triest ist mir, angesichts des Duells, das ich gehabt habe, sehr angenehm.« Er entfernte sich, um die Fahrscheine zum Dampfer, der um Mitternacht abfahren sollte, zu lösen. Er hatte versprochen, nach einer Viertelstunde zurück zu sein.

Als eine Stunde, als zwei vergangen waren, wurde Fatime ärgerlich. Sie schickte einen Boy in Georgios Wohnung, der nicht zurückkehrte. Nun schickte sie einen andern auf die Agentie, wo er die Billets genommen hatte. Sie waren ihm verkauft worden, doch weitres wußte man vom jungen Griechen nicht.

Als noch eine Stunde vergangen war, fragte der Hotelier bei der Polizei an. Es wurde ihm mitgeteilt, Georgios wäre, nachdem er zwei Billets nach Venedig genommen hätte, wegen seines Duells verhaftet worden. Der Schreck Fatimes war nicht gering. Da stand sie nun, abermals ohne Geld, aus ihrem Aufenthaltsort gewiesen, da. Sie telephonierte an die Zeitung und verlangte Rat. Dabei erfuhr sie, daß auch gegen den Theaterdirektor ein Haftbefehl ergangen war, daß er jedoch vorläufig unauffindbar wäre. Die letzte Nachricht, die Fatime in Triest erhielt, lautete, Alfonsos Befinden wäre hoffnungslos; er lasse sie grüßen, er könne sie aber nicht freigeben, bevor er die Augen geschlossen habe. Da brach das Mädchen in großes Schluchzen aus und teilte dem Direktor mit, in welche Not sie geraten sei.

Er sagte: »Der Kredit im Hotel könnte gut bis zur Enthaftung Georgios offen bleiben, er selbst würde ihr gern ein Billet erster Klasse nach Venedig anbieten, sie könne das Geld gelegentlich zurückerstatten.«

Um Mitternacht wurde Fatime in einem Omnibus des Hotels zum Dampfer gebracht. Dort stand ein Polizeiagent, um die Abfahrt der Nubierin augenscheinlich feststellen zu können.

Die Sternennacht war gelinde. Triest – ein Sternenbild über dem Horizont – schien unterzugehen... verschwand. Das Spiel der Leuchttürme gefiel ihr, sie zählte ihre Pulsschläge: ein Licht, auf italienischer Seite, verriet, ihrer Überzeugung nach, Fieber, so schnell leuchtete es auf und ab. Auch ihr Herz klopfte nun heftiger; was erwartete sie da drüben? Fatime hatte sich gar nicht niedergelegt, ihre Gedanken weilten bei drei Männern, deren Geschick sie bestimmt hatte, und die in Triest zurückgeblieben waren. Zum ersten Male fragte sie sich, ob sie einen liebgewonnen hätte? Ihre Neigung zu Paolo hatte sie ganz verloren; er kam ihr zu feige vor. Sie wußte auch ganz genau, daß er sie nie geliebt hatte; bloß ein Abenteuer hätte ihm Freude gemacht. Alfonso hatte sich ritterlich benommen, ist jedoch schmählich unterlegen. Nun mochte er verunstaltet sein: sie war eigentlich gewillt, sich ihm zu geben – doch, das wußte sie, sie hätte es auch nicht aus vollem Herzen getan. Schließlich hatte sie Paolo um ihr Versprechen gebracht, warum sollte auch nicht das gleiche bei Alfonso eintreten? Georgios war nicht hübsch und liebte sie, ein dunkles Mädchen, nicht; auch er rechnete nur auf ein paar vergnügliche Tage mit ihr. Die Nubierin fühlte sich froh, die erste europäische Stadt, die sie betreten durfte, zu verlassen. Zu viel Peinliches mußte sie doch in Triest erleben: Hatte doch sogar die Polizei, bei Ankunft und Abfahrt, eine Rolle gespielt.

Ein schöner Tag dämmerte aus Osten empor. Nach einer Stunde Tageshelle, erkannte sie Land. Endlich war die Sonne aufgegangen und beschien eine ferne Alpenkette, die aber allmählich ins Blau der Gesamtheit von Wasser, Licht und Luft zusammenschmolz. Zwei Fahrgäste in ihrer Nähe zeigten sich einen Strich am Horizont, das war der Markusturm. Venedig! Fatime hatte zwei Romane, die im Mittelalter dieser Stadt spielten, gelesen. Sonst wußte sie nichts von der Lagunenstadt. Immerhin war ihr Venedig, ebenso wie Monte-Carlo, Nizza oder Paris, ein europäischer Begriff. Als der Dampfer durch die Alberoni einfuhr, fühlte sich Fatime enttäuscht. Um wie viel schöner waren die nagelneuen Paläste um die Bucht von Alexandria! Unter den schmutzigen Häusern konnte das Auge der Nubierin kein schönes entdecken. Das Schiff ließ die Kette niederrasseln und es nahten lauter schwarze Boote. ›Warum,‹ fragte sie sich, ›sind die Boote schwarz? Vielleicht – damit die weißen Gesichter desto besser hervorstechen?‹ In ihrem Heimatdorf am Nil hatte Fatime selbst ein Boot gehabt; es war noch schlanker als eine Gondel und blitzblank weiß gestrichen. Nun fiel Fatime ein, daß sie noch nicht gefrühstückt hatte. Sie besaß weder ägyptisches, noch österreichisches, noch italienisches Geld. Nun mußte man sogar noch für die Gondeln, die einen ans Ufer brachten, bezahlen. Was tun? Fatime sah auf Mützen den Namen Hotel Danieli geschrieben und nahm die Gondel dieser Angestellten. Im geschwinden Gefährt fühlte sie eine Entspannung vom Täglichen, Gegebnen. Bindungen an die Heimat ergriffen sie: Das Schillern der Lagune überwältigte all ihre Nüchternheit. Sie wußte sich beinahe in Nubien. – Wie silbrig war ihr zumute, wenn sie, vom alabasterblauen Strom aus, ins Graugrün der riesenhaften Dattelpalmen blickte, die sich im Winde wie schlanke Gestalten beim Tanzen, hin und wider schwanken ließen. Einmal schaukelten sie, die kleine Nubierin, des Niles Überschwemmungswellen, bei sterbendem Sternenflimmern. Auf einmal entstiegen der Wüste weiße, dann gleich durchscheinende, ja kristallklare Tageselefanten. Der Morgen dröhnte . . . das Kind verlor fast die Besinnung. Nicht sie . . . das Mädchen im Boot. Es wollte schreien, konnte nicht . . . doch Fatime vermochte zu singen. Zum erstenmal . . . und sie sang, sang hinein – wieder sie selbst und einzig – in eine andre Nacht sang sie – ohne Sterne, doch voller Lichter, Millionen Lichter. – Wie besann sie sich dieser Dinge, in dem unheimlichen Venedig: Fatime fragte nicht tiefer. Die Gondel aber, bloß diese schwarze Gondel hatte etwas Bezauberndes. So rasch wie sie gekommen war, so plötzlich ging aber diese Stimmung weg: alle nilgrünen Bänder des geheimnisvollen Bannes hatten im Nu nachgelassen, waren schlaff geworden. – Fatime lachte abermals in die Sonne des Alltags... der gegen sie ohne Ansprüche war. Im Hotel Danieli angelangt, wurde Fatime gefragt, ob sie die Gondel bezahlen würde. Sie antwortete: »Ich habe noch kein italienisches Geld.« Ihr spärliches Gepäck trug ihr ein Boy aufs Zimmer mit der Aussicht auf einen kleinen Kanal. Mit sich allein, sagte sich die Nubierin: ›Ich muß auf Abenteuer ausgehn!‹ Sie tastete alle Taschen ab und fand noch drei Piaster und einen Gulden. Dann ging sie auf den Markusplatz und fand dort einen Wechsler. Das ägyptische Geld wollte er überhaupt nicht annehmen; die Nubierin bat aber so inständig, daß der Mann ihr schließlich ein paar Kupferstücke dafür aushändigte. Nun erst hatte sie ein Auge für die Merkwürdigkeiten des berühmten Platzes. Wie so manchem Mädchen, fielen auch ihr nur die Tauben auf. Sofort kaufte sie Futter für die fetten Tiere, legte es sich auf Arm, Hände und Kopf. Die Tauben, graue, blaue, graublaue, flogen um sie herum, dekorierten das Mädchen, die Nubierin, echt venezianisch. Auf einmal hörte sie folgende Worte in zornigem Tone: » Brutta strega, putana affricana!« Häßliche Hexe, afrikanische Hure. Fatime war so erschrocken, daß ihr die Tauben vom Leib flogen. Neben ihr stand, mit geschwollnen Backen, mit verbundnem Arm, der feiste Theaterdirektor, der nach seinem Duell aus Triest geflohn war. Er ließ sich keineswegs sentimental an, forderte das Mädchen auf, ihm willig ins Hotel zu folgen, widrigenfalls er sie aus Italien ausweisen lassen wollte; war es ihm doch auch, einer schmutzigen Nubierin wegen, in Triest so ergangen. Fatime sagte ihm: »Wenn Sie nicht gleich weggehn, kratze ich Ihnen noch die Triefaugen aus!« Schon war um die zwei auffälligen Menschen ein kleiner Auflauf entstanden: Zwei Carabinieri mit ihren hohen Büscheln auf dem Dreimaster erschienen und schrieben sich die Namen der beiden auf, forderten, daß sich die Streitenden trennen sollten. Fatime verzog sich ins Gassengewirr, hinter den Uhrturm. Sie kam in ganz enge Gäßchen und merkte, daß ihr jemand folgte. Gewiß der ekelhafte Theaterdirektor! Sie wagte es nicht, sich umzudrehn. Plötzlich aber hörte sie leise ›Pst!‹ rufen. Das war wohl eine Frau. Die Nubierin blieb stehn, und ein junges Mädchen trat an sie heran.

» Bella mora (Schöne Schwarze), ich bin mit Euch heute von Triest herübergefahren. Ihr reistet erster Klasse, ich dritter. Ihr seid im Hotel Danieli abgestiegen, ich habe noch keine Unterkunft. Ihr aber habt kein Geld, ich werde mir bis heute abend genügend für uns beide verschaffen, Ihr seht doch, daß ich verständig und aufmerksam bin. Ich habe Euch beim Geldwechsler belauert, weiß nun, daß Ihr eine Abenteuerin seid. Den unangenehmen Vorfall mit dem Theaterdirektor habe ich auch beobachtet: Nun will ich Euch auch sagen, wer ich bin: Meine Eltern sind Bauern aus Istrien. Als ich ein kleines Kind war, zogen sie nach Triest, um Brot zu erwerben. Sie haben aber keine Arbeit gefunden. Das bißchen Hab und Gut, das sie hatten, ist draufgegangen. Täglich brachten mich die Eltern in den Volksgarten. Ich war augenkrank, unter den Bäumen sollte ich genesen; meine Mutter glaubte, besonders immergrünes Gebüsch habe eine heilsame Wirkung; und nun gar bei Wintersonne! Eine Frau beobachtete mein Spiel, setzte sich dann neben meine Mutter und schlug ihr vor, da sie selbst kein Kind hatte, mich adoptieren zu wollen. Zuerst war meine Mutter entsetzt, nach acht Tagen Zureden gab sie nach. Ich lernte auch meinen zukünftigen Pflegevater kennen. Beide schienen gutstehende Menschen in mittleren Jahren zu sein. Sie waren in Alexandria ansässige Mailänder. So wurde ich dann als kleines Kind nach Ägypten gebracht. Meine wirklichen Eltern habe ich dort ganz vergessen. Meine Pflegeeltern waren beide Spieler und verloren miteinander ein kleines Vermögen. Nun zogen wir nach Kairo. Dort begann meine Mutter ein Schwindelgeschäft: Sie gab sich als Magnetiseurin, Kartenaufschlägerin, Kennerin von Krankheiten aus Pupille und Handlinien aus. Ich sollte das Medium sein. Schwer nur erlernte ich meinen betrügerischen Beruf. Schließlich gelang es mir, künstlich in Krämpfe zu verfallen, so daß Polizeiärzte den Betrug nicht nachweisen konnten. Ich siechte aber dahin, konnte meinen Eltern nicht mehr helfen. Eines Tages wurde mir eröffnet, wer ich sei, daß meine Eltern in Triest wären. Ich schrieb an die Behörde dort, um auszukundschaften ob noch jemand von meiner Familie da wäre. Nach ein paar Wochen langte ein Brief von meiner Schwester an. Sie hatte das Reisegeld dritter Klasse an das österreichische Konsulat geschickt und forderte mich auf, sofort zu kommen. Gern ließen mich die falschen Eltern ziehn; sie selbst begaben sich zurück nach Mailand. In Triest erwartete mich, die Achtzehnjährige, ein sechzehnjähriges Dienstmädchen:

Das war meine Schwester. Meine Enttäuschung ist nicht gering gewesen, denn ich war doch bei Schwindlern erzogen worden, die dem Bürgerstand zugerechnet wurden. Maria, die mich hatte kommen lassen, brachte mich hocherfreut zu den Eltern. Zwei Jahre habe ich dort in großem Elend zugebracht. Ich wurde mit Liebe umgeben, habe aber niemanden meiner Umgebung als einen Verwandten empfunden. Als ich mich mit einem jungen Manne eingelassen hatte, und man bemerkte, daß ich Mutter werden würde, vertrieb man mich. Mein Geliebter hat mir das Reisegeld bis Venedig gegeben: Da bin ich! In Triest war ich Choristin: Heute abend soll ich hier in Venedig zum erstenmal im Chor singen.«

Fatime fiel ihrer neuen Freundin – es war allerdings wohl die erste, die sie jemals gehabt hat – um den Hals. »Auch ich kann singen,« sagte sie. »Gehn wir gleich hin zum Theater.«

»Noch ist es zu früh,« sagte Annetta, die weiße Ägypterin, zur Nubierin; war sie doch, als solche, ihrer dunkeln Landsmännin nachgeschlichen.

»Gut,« sagte nun Fatime, »wir wollen ins Café gehen, ich habe noch zwei Lire: Wieviel habt Ihr?«

Annetta fand in ihrer Tasche fünf Lire. »Gehen wir,« meinte sie, »ins Café Quadri auf dem Markusplatz.«

Dort angekommen, erkundigten sich die beiden Mädchen nach den Preisen von Milchschokolade und Kuchen und verzehrten darauf miteinander um fünf Lire fünfzig, was ihnen besonders mundete. Die übrig gebliebenen fünfzig Centesimi gaben sie als Trinkgeld.

»Ich bin noch eine Jungfrau,« sagte die Nubierin, »will es auch bleiben, bis ich in sicherer Stellung bin, denn offenbar hilft mir ein Schutzengel. Gebe ich mich aber einem Mann hin, so fliegt er bestimmt weg. Meine Mutter ist keine kluge Frau, aber darin hat sie bestimmt recht; sie hat gesagt, jedem Mädchen helfen gute Geister.«

Annetta wischte sich eine Träne auf der rechten Wange ab und meinte: »Ich habe mich nicht für Geld hergegeben, sondern aus Liebe; der Vater dieses Kindes« – sie zeigte auf ihren Schoß, »ist aus guter Familie. In seiner Gegenwart fühlte ich mich immer wie zu Haus; in Ägypten hatten wir nämlich zeitweise Pferd und Wagen und fuhren an jedem Abend, wenn wir in Alexandria weilten, nach Ramleh, wo leider meine Eltern das durch mich erworbne Geld verspielten. Kennt Ihr Ramleh, sein Kasino, wo die schönsten Zigeuner Musik machen; die elegantesten Herren der Levante ein- und ausgehn? Die gewinnendsten sind die Beduinen; auf Pferden kommen sie an, als ob sie sich die reichsten weißen Damen, die ihnen aber freiwillig folgen möchten, in die Wüste schaffen wollten. Alle Frauen der Gesellschaft werden jedoch in Alexandria besonders bewacht. In Kairo war es nicht anders. Viele schöne Abende habe ich in Mena-house verlebt; dort gab man gute Musik: Nur zu gern habe ich immer wieder zugehört. Als ich einmal mitsang, wurde man auf meine Stimme aufmerksam. Im Gesang habe ich einige Stunden erhalten und in Triest wollte mich mein Liebhaber ausbilden lassen; seine Eltern haben es mir aber nicht gestattet. Doch ein halbes Jahr durfte ich bei Maestro Sinico lernen. Bis zur Choristin habe ich es gebracht. Ein Engagement in Venedig steht fest.«

»Gehn wir!« meinte die junge Nubierin.

»Gehn wir!« meinte auch Annetta: »Es sind keine zehn Minuten bis zum Teatro Fenice.«

Dort ließ man die beiden Ägypterinnen eine halbe Stunde warten. Dann kam der Direktor des Chores und fragte: »Was will die Schwarze?« – »Sie singt noch viel schöner als ich!« antwortete Annetta. Der Dirigent brummte etwas Unfreundliches in den Bart und ließ Filomela, dies war der Choristinnenname der Annetta, eintreten. Fatime hörte den Probegesang ihrer soeben gewonnenen Freundin; sie verstand, daß er ganz nett, für eine Choristin hinreichend war. Filomela wurde angenommen. Auf ihr Verlangen zahlte der Kassierer hundert Lire für einen Monat voraus, da sie bereits als Choristin im Rigoletto zu Triest gesungen hatte; deshalb sollte sie auch schon am gleichen Abend in Venedig mitsingen. Dafür erhielt sie extra zehn Lire, denn das richtige Engagement konnte erst nach einer Woche anfangen; unterdessen mußte sie um diesen Betrag zweimal im Rigoletto auftreten. Nun bestand Filomela darauf, daß auch Fatimes Stimme geprüft würde. Da aber unterdessen viele Choristinnen, Choristen und sogar Sänger eingetroffen waren, weigerte sich der Chormeister, den Wünschen seiner neuen Choristin nachzugeben. Fatime aber brachte das gar nicht in Verlegenheit. Sie legte einfach mit ihrer Glanzleistung, der Liebesarie aus der Aida, los. Alle waren sehr erstaunt. Schade, sagte der Chormeister, daß sie schwarz ist, sonst könnte die Nubierin eine Primadonna werden. Das Interesse für Fatime war geweckt. Filomela hatte eine so schöne Stimme nicht erwartet und zeigte sich ganz entzückt.

»Bleiben Sie hier?« wurde Fatime von vielen Gesangsfreundinnen gefragt.

Filomela antwortete: »Nein, sie fährt noch heute nach Mailand.«

Fatime war dieser über sie verfügende Beschluß ihrer Freundin eine Neuigkeit. Sie dachte aber, Filomela wird recht haben, und setzte hinzu: »Nicht heute abend, aber morgen früh. Ich möchte der Aufführung des Rigoletto beiwohnen!«

Auf einmal erschien der feindliche Theaterdirektor und betrachtete die Nubierin mit Argwohn und Haß. Er zog die Venezianische Morgenzeitung aus der Tasche und sagte: »Non è più!« (»Weg ist er!«)

Fatime verstand sofort, worum es sich handelte, und fragte: »Alfonso?«

Da erwiderte der Direktor: »Jawohl, dein Opfer.«

Fatime fühlte sich bloß beunruhigt, weil ihr die Zustellung der Nachricht vor so vielen Menschen ungelegen kam. Trauer empfand sie kaum.

Nun faltete der Direktor die Zeitung auseinander und las vor: »Telegramm aus Triest: Der vor ein paar Tagen in einem Duell mit einem andern Ägypter, P. J., verwundete Alexandriner Alfonso Capello ist heute nacht, mit den heiligen Sterbesakramenten versehen, seinen Verletzungen erlegen. Er bestimmte mündlich vor Zeugen, daß tausend Gulden seiner Freundin Fatime N. ausgezahlt würden. Wir wissen, daß diese Fatime eine Nubierin ist, um die sich die beiden Rivalen geschlagen haben.«

Nun brach Fatime in Tränen aus und schwor dem Toten ein Jahr lang in Unschuld treu zu bleiben. Das Aufsehn bei allen Anwesenden war groß. Die Männer interessierten sich, voll Sympathie, für die Nubierin; Choristinnen dagegen empfanden Widerwillen gegen die Schwarze, der ein weißer Jüngling zum Opfer gefallen war. Als Fatime mit Filomela, die auf der Straße wieder Annetta hieß, fortging, hörte sie einige auf sie beziehbare Schimpfworte; aus dem Chor der keifenden Frauen stach die Stimme des Theaterdirektors, der ebenfalls in Venedig eine Stelle suchte, hervor.

»Nun bist du reich,« sagte ihr Annetta, »die hundert Lire will ich dir leihen, wenn du sie mir gleich zurückschickst. Ich rate dir, geh fort von hier, fahr zu meinen Pflegeeltern nach Mailand. Ich gebe dir einen Brief mit; vielleicht taugst du besser zur ägyptischen Magie. Nimm Gesangunterricht mit deinem geerbten Geld und versuch in Mailand Karriere zu machen. Wenn du findest, daß meine Eltern versöhnlich gegen mich gestimmt sind, so komm ich auch hin. Meine Stimme reicht vorläufig nur zur Choristin aus. Bevor ich sie mir als solche verderbe, möchte ich nach Haus, um sie mir ausbilden zu lassen. Weder du noch ich können vorläufig die großen Ausgaben bestreiten, ohne den Leuten durch magischen Schwindel ihr Geld aus der Tasche zu ziehn.«

Über Lebensfragen schwatzend, waren die Mädchen abermals auf dem Markusplatz gelandet.

Da trat ein Sänger, der der Szene im Fenicetheater beigewohnt hatte, auf die Mädchen zu und sagte: »Ich stelle mich vor, ich heiße Bollente, hoffe eine große Zukunft zu haben. Eure Stimmen interessieren mich auch, die meiner nubischen Kollegin ist schon besser entwickelt; Freundin Fatime, so heißen Sie doch, ich gebe Ihnen ein Empfehlungsschreiben an meinen Gesanglehrer in Mailand mit. Holen Sie es sich heute abend an der Kasse ab. Auch habe ich die Möglichkeit, Sie in die Künstlerloge einzuladen. Das geht um so besser, als der verwundete Theaterdirektor heute abend beim Baron Franchetti eingeladen ist, daher der Vorstellung nicht beiwohnen wird. Er hat nämlich gedroht, wenn er Ihnen noch einmal begegnen sollte, Sie furchtbar verprügeln zu wollen.«

Daraufhin gingen die zwei Ägypterinnen ins Hotel »Capello nero« essen. Als Fatime in schwarzen Buchstaben ›Capello nero‹ las, fiel ihr Alfonso ein, der doch auch Capello hieß und nun nero (schwarz) sein mochte – und sie fing abermals zu weinen an. Der Appetit war ihr vergangen, sie konnte nichts essen. Nach Tisch stieg man in eine Gondel, die Fatime wie ein Sarg vorschwebte, und so kam sie auch bei der Fahrt durch die Kanäle Venedigs zu keiner Ruhe. Gegen Abend verließ sie der Sänger und lispelte beiden Mädchen ins Ohr: »Auf Wiedersehn,« zur Annetta, . . . »heut abend,« – zur Fatime: . . . »bald in Mailand!«

Nun setzten sich die beiden Freundinnen abermals ins Café Quadri und berieten, was besser wäre, ob die Rechnung im Danieli zu bezahlen, oder das Gepäck zurückzulassen. Fatime bestand auf Begleichung, da sie einen sehr schönen, goldglänzenden Brokatschal in Triest gekauft hatte; auch die falschen Edelsteine und den vielen andern Tand, alle ihre Habseligkeiten, wollte die Eitle nicht missen. »Für eine Nacht brauche ich nicht viel zu zahlen,« war ihre endgültige Entscheidung. Vor der Vorstellung aßen die Mädchen noch viel Kuchen, die Fatime auch besser als in Triest zu sein schienen; dann ging sie, um sich zu putzen, ins Hotel. Sie sagte dort, daß sie am nächsten Morgen nach Mailand abreisen wollte. Wie Annetta ihr versprochen hatte, gab sie der Freundin leihweise hundert Lire. Annetta mußte etwas früher ins Theater gehn, um sich umzukleiden. Unterdessen kaufte Fatime um hundert Lire venezianische Haarnadeln und Broschen mit Mosaikeinlagen. Darauf begab sich die Nubierin, wie sie sich gar stolz einbildete, höchst geschmackvoll geschmückt – doch war sie im Grunde durchaus afrikanisch geziert – ins Theater. An der Kasse fand sie den Brief mit der Empfehlung nach Mailand und zugleich eine Anweisung auf einen guten Platz in der Künstlerloge. Das Teatro Fenice fand sie weniger prunkvoll als das Teatro Grande in Triest. Doch die Damen trugen, ihrer Ansicht nach, gefälligere Kleider, jedenfalls noch mehr Schmuck. Rigoletto gefiel ihr ausgezeichnet; besonders Gildas Charakter machte auf sie Eindruck. Nach dem Theater traf sie Annetta, die als Filomela am besten im Chor gesungen hatte, vor dem Bühneneingang. »Wer lädt uns ein?« fragte Fatime ihre Freundin. »Vorläufig niemand,« war Annettas Antwort: »Gehn wir essen!« Die beiden Mädchen begaben sich in ein mittelgroßes Lokal in der Nähe des Markusplatzes. Annetta erwartete, daß nun Fatime mit dem geliehnen Geld zahlen würde. – »Hast du denn nicht meine wundervollen Schmucksachen gesehn?« fragte jedoch Fatime Annetta. – »Wie?« antwortete die Freundin: »Die hast du gekauft? Schmuck läßt man sich schenken.« – Annetta war sehr verstimmt, beglich aber die Rechnung. Auf dem Platz fragte sie: »Wer soll das Hotel, wer die

Reise nach Mailand zahlen?« – »Solange ich mich nicht verkaufe, sorgt mein Schutzengel für mich,« war die Ansicht der Nubierin. Der erschien aber nicht auf dem Markusplatz. Da ließ sich Fatime die Zeitung bringen, in der ihr Abenteuer stand, und begab sich damit ins Hotel. Annetta begleitete sie dahin und gab ihr dann zum folgenden Morgen ein Rendezvous auf dem Markusplatz, damit sie, falls Geld vorhanden wäre, die Freundin zum Bahnhof bringen könnte. Die Nubierin schlief ausgezeichnet, ging mit der Zeitung zu dem Direktor des Hotels, um zu beweisen, daß sie tausend Gulden geerbt hatte. Dem war diese Aussprache peinlich und er sagte: »Für die verflossne Nacht gebe ich ihnen Kredit, verlassen Sie aber bitte freundlichst bald das Hotel. Wann fahren Sie ab?« – »Sobald ich Geld zu einer Gondel und einer Fahrkarte dritter Klasse nach Mailand habe.« Der Direktor sagte: »Um neun geht Ihr Zug; Gepäck und Fahrschein holen Sie eine halbe Stunde vorher am Bahnhof ab.« – Fatime triumphierte. Sie begab sich auf den Markusplatz, wo sie bereits von Annetta erwartet wurde. »Ich fahre!« rief sie mit einem Jauchzer. Annetta bezahlte jeder eine Schokolade und einen Kuchen, dann nahm sie ihre Freundin unter den Arm und brachte sie auf einem kleinen Dampfer zum Bahnhof. Dort übergab ihr der Portier des Hotels Danieli Fahrkarte und Gepäck. Annetta bezahlte noch den Träger und nahm tiefgerührt von ihrer nubischen Freundin Abschied. »Ich bitte dich noch,« sagte sie, »schick mir die hundert Lire, sobald du kannst, mir bleiben nur noch sechs Lire für die ganzen sechs Wochen. Grüße meine Eltern, hier hast du einen Brief an sie!« – Eine halbe Stunde darauf fuhr Fatime über die Lagunenbrücke in der Richtung nach Mailand.

Um vier Uhr nachmittags kam Fatime in Mailand an: Ihr Gepäck ließ sie am Bahnhof und erkundigte sich nach der Via Manzoni, wo der Gesanglehrer, an den sie doch einer seiner Schüler empfohlen hatte, wohnte. Die Eltern der Annetta waren ihr noch gar nicht eingefallen. Bald fand sie die Adresse; sie erstieg das zweite Stockwerk eines schönen neuen Hauses und sandte den Brief mit vielen Grüßen von ihr selbst an den Gesanglehrer. Das Empfehlungsschreiben war geschickt verfaßt: Gleich stand darin, die Nubierin hätte eine große Zukunft, sie wäre bereits in Triest der Gegenstand großer Abenteuer gewesen. Nach einer halben Stunde erschien der vielgerühmte Singmeister und empfing Fatime mit kühlem Gruß. Sie sollte ihm etwas vorsingen. Sofort legte Fatime mit der Liebesarie aus der Aida los. Der Professor war erstaunt; auch war es ihm ungewöhnlich, daß ein Mädchen, ohne Begleitung, so aus dem Stegreif, singen konnte. Dann setzte er sich ans Klavier und fragte sie, was sie noch könnte.

Sie sagte. »Den Liebestod aus der Afrikanerin.«

Er schmunzelte und meinte: »Schade, daß diese beiden Ihre einzigen Rollen sind.«

Die Nubierin ärgerte sich und erwiderte: »Das ist durchaus nicht geistreich, was Sie da sagen, Meister, dazu brauchte ich nicht nach Europa zu kommen. In Ägypten hat man mir genau das gleiche gesagt.«

»Ja,« meinte der Lehrer: »Die gleiche Wahrheit ist bei den Schwarzen wie bei den Weißen vorhanden. – Was wollen Sie eigentlich von mir?«

»Nichts andres,« erwiderte Fatime, »als was in dem Empfehlungsschreiben steht.«

»Empfehlungsschreiben bekomme ich täglich, sie haben für mich wenig Bedeutung!« war des Lehrers Antwort: »Wozu soll ich Sie ausbilden, wenn Sie doch bloß zwei Rollen singen können?«

Fatime war empört, aber sie wandte aus List einen Trug an: »Ich muß ja keine Opernsängerin werden, wenigstens keine europäische. In Ägypten habe ich Gönner. Ich soll dort in einem arabischen Theater auftreten.«

Das leuchtete dem Lehrer ein. Er sagte: »Wenn Sie Gönner haben, so können Sie ja eine teure Ausbildung genießen. Sie wissen, Gesangstunden, besonders in Mailand, zumal bei mir, sind kostspielig. Von Ihren Gönnern steht im Brief nichts geschrieben.«

»An meine Gönner mögen Sie schreiben,« entgegnete die Nubierin, »wenn Sie garantieren können, daß ich in gewisser Zeit eine ausgezeichnete Sängerin werde.«

»Ich möchte Ihnen sagen, daß ich auch nicht eine Stunde ohne Entgelt gebe,« stellte nun der Lehrer fest.

Fatime zog die Zeitung mit dem Triester Telegramm aus der Tasche und sagte: »Fangen Sie gleich an, die tausend Gulden gehören Ihnen. Bis sie verbraucht sind, wird Geld aus Kairo eintreffen.«

»Gut,« sagte nun der Lehrer: »Morgen früh gehn wir auf die Konsulate und legen einen Vertrag fest. Und heute – auf Wiedersehn!«

»Nein,« sagte Fatime, »wenn Sie mir nicht heute eine Stunde geben und nicht die Möglichkeit verschaffen, abends in die Oper zu gehn, wende ich mich an einen andern Lehrer.«

Der Mailänder war ganz erstaunt und fragte: »Warum diese Eile, mein Kind?«

»Weil ich keine Stunde verlieren kann, weil ich die Musik unsäglich liebe, weil ich mich keinem Manne hingebe, bloß dem Gesang lebe, darum erbitte ich sofort eine Lektion.«

Der Lehrer war gerührt und fragte: »Wo wohnen Sie?«

Fatime entsann sich, vor dem Bahnhof einen Omnibus gesehen zu haben, auf dem geschrieben stand: ›Hotel Cavour‹. »Im Hotel Cavour,« erwiderte sie unerschrocken.

»Das ist recht teuer,« meinte nun der Lehrer. »Suchen Sie sich morgen eine billigere Wohnung. Gehn Sie jetzt nach Haus, ich hab noch zwei Stunden zu geben, kommen Sie abends um acht Uhr. Ich will Ihnen bis ein Viertel vor neun eine Stunde erteilen; um neun Uhr sind wir dann miteinander im Theater.«

»In welchem?« fragte ihn entzückt Fatime.

»In der Scala!« sagte mit behutsamer Betonung der Meister.

Beinahe wäre ihm die Nubierin um den Hals geflogen.

Er setzte seine Rede, voll Freude über die Freude der Afrikanerin, fort: »Man gibt den Lohengrin von Richard Wagner. Es ist die letzte Aufführung der Stagione.«

Fatime bedankte sich, voll Innigkeit, und begab sich fort . . . hinein in die große Stadt, ohne eine Lira ihr eigen zu nennen. Zwei Stunden hatte sie Zeit. Sie hüpfte durch die Gassen: »Ich habe einen Schutzengel, ich habe einen Schutzengel, wie gut, daß Alfonso gestorben ist und mir tausend Gulden hinterlassen hat!« Auf einmal sprach Fatime eine Frau in mittleren Jahren, mit einem Spitzenschleier über dem Kopf, an: »Können Sie mir nicht sagen, wo das Hotel Cavour ist?«

»Nicht weit von hier, mein Kind, ich will Sie hinbegleiten,« sagte freundlich die Angeredete. Es war schon dunkel und Fatime nahm daher die Begleitung besonders gern an. Die Frau war neugierig, wer die Nubierin wäre, was sie in Mailand wollte, und führte sie auf einem Umweg über den Domplatz, auf dem ihnen die Galleria Vittorio Emanuele II. strahlend entgegenleuchtete. Nun hatte Fatime endlich einen großartigen Eindruck von Europa – das strahlte, das strahlte! Welcher Reichtum, welche Bewegung der Menschen! Triest, Venedig; Kleinstädte, dumme Provinz im Vergleich zu Kairo, Alexandria! Doch nun Mailand: das war eine Weltstadt. Die Galerie und ihre Helle, ihr Glanz überwältigten das halbwilde Mädchen. Vor jedem Luxusgeschäft blieben die zwei Frauen stehn. Fatime betrachtete alle Dinge mit großer Neugier.

Da fragte sie die Frau: »Haben Sie Geld, etwas zu kaufen?«

»Nein,« erwiderte die Nubierin: »Ich lasse mir auch von niemandem etwas schenken, denn die Männer sind bösartig, verlangen Dinge, die ich nicht gewähren kann: Ich bin eine Jungfrau und habe einen Schutzengel.«

Die Mailänderin lächelte und sagte: »Ohne Geld können Sie nicht in der Welt umherreisen. Das Hotel Cavour ist sehr teuer.«

Da zog Fatime nochmals die Zeitung heraus, um zu beweisen, daß sie Geld zu erwarten hatte.

»Daraufhin kann ich Ihnen einiges verschaffen,« sagte die Frau in mittleren Jahren. »Treffen wir uns morgen nachmittag. Wenn Sie mir die tausend Gulden verschreiben, so können Sie zweitausend Lire sofort ausgezahlt bekommen! Den Unterschied zwischen den zweitausend Lire und den tausend Gulden teile ich mir mit dem Geldborger.«

Fatime war entzückt. Fünfzig Lire gab ihr die Frau auf die Hand und führte nun das Mädchen zum Hotel Cavour. Fatime trat dort ein, nahm ein Zimmer und gab den Auftrag, ihr sofort das Gepäck vom Bahnhof zu holen. Nach einer halben Stunde war es angelangt. Da zog Fatime ein besseres Kleid an, putzte sich mit allem in Triest und Venedig erstandenen Tand und erschien dann, wie eine Häuptlingsgattin aus dem dunklen Weltteil, in der Hoteldirektion. »Ich werde Ihnen ein paar Tage schuldig bleiben müssen,« sagte sie; »doch habe ich Geld zu erwarten. Sehn Sie, was in der Zeitung steht.« Hiermit reichte sie dem Direktor des Hotels das venezianische Morgenblatt vom Vortage.

Als er das gelesen hatte, sagte er: »Das ist recht schön, aber länger als drei Tage kann ich Ihnen keinen Kredit geben. Solche Dinge können sich sehr in die Länge ziehn.«

Worauf Fatime lachend erwiderte: »Innerhalb von drei Tagen habe ich nicht nur dieses Geld!« – und das Hotel verließ.

Sie hatte fünfzig Lire, nahm einen Wagen und ließ sich zur Galerie fahren. Dort kaufte sie sich einen Hut für dreißig Lire und begab sich daraufhin zu ihrem Gesanglehrer. Sie bezahlte die Droschke und erkundigte sich, wie spät es sei. Als sie erfuhr, daß noch eine Viertelstunde auf acht fehlte, setzte sie sich in eine Konditorei und verspeiste den Rest ihres Geldes. Fatime fand, daß Mailänder Kuchen und Schlagsahne besonders lecker schmeckten. Da sie schon ein Hütchen auf dem Kopfe hatte, mußte der neu erstandne Hut, in Papier gewickelt, überallhin herumgetragen werden. Der Lehrer empfing sie freundlich und erteilte ihr tatsächlich zwanzig Minuten Unterricht, dann mußte sie warten, bis er gegessen hatte. Sie fuhren zur Scala; der Lehrer stieg aus, half seiner Schülerin höflich aus dem Wagen und sagte: »Ich habe kein Kleingeld, könnten Sie bezahlen?«

Die Nubierin meinte: »Ich habe wohl Geld; aber für mich haben sich Kavaliere duelliert, einer ist sogar gestorben; es fällt mir nicht ein, für irgendeinen Herrn zu bezahlen.«

Darauf zog der Gesanglehrer seine Börse und entrichtete mit klingendem Kleingeld dem Kutscher, was er schuldig war. Die Scala gefiel der Nubierin außerordentlich. Noch nie hatte sie ein so prachtvolles Theater gesehn. Dazu war sie in eine Glanzvorstellung hineingeraten. Die Damen saßen in noch herrlicheren Toiletten und funkelnderen Geschmeiden als in Triest und Venedig in allen Logenrängen; im Parkett, sogar im Parterre gab es nur Herrn im schwarzen Abendanzug. Zum erstenmal hörte sie eine Oper von Wagner. Sie konnte sie nicht gut verstehn, doch machte ihr die Gestalt Lohengrins einen unerhörten Eindruck. Sie erinnerte sich, einmal in ihrer Heimat einen schwarzen Häuptling mit einem Schwan auf dem Kopf, den Nil entlang stolzieren gesehn zu haben. Oder war es ein Traum gewesen, den ihr nur der Scala-Lohengrin in Erinnerung brachte? Nach dem Theater wollte sie der Gesanglehrer nach Haus schicken, sie aber sagte: »Ich habe Hunger, morgen kann ich Sie einladen, morgen habe ich Geld.«

Da führte denn der Gesanglehrer Fatime in eine Bar, wo sie einen Imbiß nahmen. Bald darauf aber setzte er sie in einen Wagen, den der Portier des Hotel Cavour bezahlte. Darüber war man jedoch im Hotel ungehalten. Zufälligerweise ist der Direktor noch aufgewesen und sagte, er würde morgen die Nubierin aus dem Hotel weisen. In der Früh um acht erschien die Mailänderin vom Vortage, die Fatime fünfzig Lire gegeben hatte, und brachte zweihundert Lire mit, wofür sie einen Wechsel auf dreihundert ausstellen ließ, zahlbar nach einer Woche. Überdies bot sie sich an, die Angelegenheit mit den tausend Gulden in die Hand nehmen zu wollen; sie selbst hatte Verwandte in Triest, die für bescheidnes Entgelt die Sache schleunigst in Fluß bringen sollten. Von Fatime verlangte sie auf gestempeltem Papier eine Vollmacht. Sie bekam sie. Unten angelangt, wurden die beiden Frauen freundlich begrüßt. Der Direktor erkundigte sich jedoch, ob Fatime noch länger bleiben wollte, in diesem Hotel würde kein Kredit gewährt.

Die Nubierin zog ihr Portemonnaie und sagte: »Drei Tage möchte ich bleiben, die haben Sie mir bereits zugesagt, hier ist das Geld für die Droschke von gestern Abend. Diese Dame garantiert überhaupt für mich.«

Die Mailänderin sagte zu, denn es lag ihr daran, eine Klientin in vornehmem Hotel untergebracht zu wissen. So war der Aufenthalt nicht nur auf drei Tage, sondern sogar eine Woche gesichert, denn man kannte die Dame, die für Fatime eingetreten war. Nun begab sich Fatime zum Gesanglehrer. Sie war zu früh gekommen und mußte lange warten. Dann wollte der Professor seine Schülerin aufs ägyptische und aufs österreichische Konsulat bringen. Fatime verlangte aber zuerst durchaus eine halbe Stunde Unterricht. Es kam zu einem Zank. Der Lehrer nannte die Nubierin dreist und unehrerbietig, erteilte ihr jedoch zwanzig Minuten lang Unterricht. Es schien ihm an den tausend Gulden viel zu liegen! Mittels Droschke fuhr man zum englischen Konsulat, denn es stellte sich heraus, daß es kein ägyptisches geben konnte. Der Vertreter Britanniens und seiner Kolonien stellte vor allem fest, daß Fatime minderjährig war. Und wer ist ihr Vormund? War folglich eine logische Frage. Fatime nannte, ohne weiteres, Fuad, obwohl sie ohne legalisierten Beschützer aus Ägypten fortgereist war, hatte sie doch noch den Vater, den wollte sie aber, weil er Dienstbote war, nicht nennen. »Gut,« sagte der Konsul: »Es wird alles geschehen, was nötig ist. Kommen Sie in vierzehn Tagen wieder!« Unter solchen Umständen wäre es unnötig gewesen, sich aufs österreichische Konsulat zu begeben. Man mußte erst englische Papiere für die Nubierin vorweisen können, denn in jenen Zeiten reiste man noch ohne Paß und ohne Visum. Nach dem Besuch beim britischen Konsul trennten sich Lehrer und Schülerin. Fatime ging ins Hotel zurück und bestellte eine reichliche Mahlzeit. Sie gab an, die Mailänderin würde das Essen bezahlen. Darauf schwenkte das Mädchen in eine Konditorei ab und nahm mehrere Portionen Speiseeis zu sich. Später schlenderte es durch die Geschäftsstraßen und kaufte zwei Seidenblusen, ein Paar Schuhe und einen dritten Hut, bis die zweihundert Lire, die sie vorgestreckt bekommen hatte, ausgegeben waren.

Nun fand Fatime den Weg zum Hotel Cavour ohne Droschke und ohne Begleitung. Übrigens trug ihr ein Boy die Schachtel mit dem gekauften Kram nach. Im Hotel ließ sie sich, da sie buchstäblich keinen Centesimo mehr hatte, vom Portier sein Trinkgeld leihen. Ein Dienstbote des Hotels brachte ihr die eingekauften Sachen aufs Zimmer. Sie selbst legte sich in der Halle in einen bequemen Stuhl. In einem andern Klubsessel, vor einem ebenso kleinen Tisch, saß ein dicker Herr in reifern Jahren. Er hatte eine glänzende Glatze, um die sich ein Kranz wohlgepflegter blonder Haare wand. Die Stupsnase trug einen goldgefaßten Kneifer, durch den vergißmeinnichtfarbige Augen in das Graubraun eines italienischen Milieus starrten. Der Herr war vollkommen rasiert. Ein dreifaches Kinn schmiegte sich, im dreifachen Rhythmus des Haarkranzes um die Glatze, halbkreisartig um die Wangen, zwischen denen ein schmaler kurzer Mund eine Zigarre sicherer eingeklemmt hielt, als es die Nase vermochte, den Kneifer zu tragen. Der Herr war elegant, dunkelblau gekleidet. Eine goldne Kette schlängelte sich unter seinem Herzen, von einer Uhr beschwert, um den Bauch. Die bläuliche Krawatte paßte vortrefflich zu den Augen. Wir haben diesen Herrn genauer als alle andern Persönlichkeiten beschrieben, denn er verdient es. Nur ihm kommt es zu, seiner Gediegenheit wegen, wichtig genommen zu werden. Er hieß Hermann Eick und war Seidenfabrikant aus Barmen. Wer mit Seide zu tun hat, wird den Knotenpunkt für Seide und Samt, Mailand, häufig aufsuchen. Nicht zum erstenmal war Herr Eick im Hotel Cavour, in der Hauptstadt der Lombardei, abgestiegen. Wenn er seine Geschäfte besorgt hatte, so erfreute er sich am Rotwein, auf italienisch vino nero, Schwarzwein, genannt, und auch schwarzhaarige Mädchen konnten ihm, dem ehemals hochblonden Lockenkopf, gut gefallen. Sagt doch schon Schopenhauer: Die Blondhaarigen schwärmen immer für einen dunklern Typus. Man stelle sich, auf Grund dieser philosophische Feststellungen, Hermann Eicks, des nunmehr halbweißhaarigen, Entzücken vor, als ihm, anstatt brünetter Mailänderinnen, eine Nubierin in der Halle des Hotels gegenübersaß. Der Seidenfabrikant, ein wagemutiger Geschäftsmann, fühlte sich – trotz der Gunst, deren er sich in der Regel bei ihm erfreute – dem schönen Geschlecht gegenüber leicht in Verlegenheit. Wie entzückt war er nun, als Fatime ihn in folgender Weise anredete: »Monsieur, vous me regardez beaucoup – bien, je suis noire, est-ce que je vous plais quand-même?«

Der Barmer verstand nur recht mäßig Französisch, konnte aber erwidern: »Im Gegenteil, Mademoiselle, der moderne Mensch schwärmt für Afrika. Ich bin Deutscher, Sie sehn es mir wohl an; ich lebe im Norden, habe dort eine Sammlung südlicher und allersüdlichster Kunstgegenstände. Ich wäre entzückt, könnte ich eine dunkle Dame wie Sie in meine Heimat bringen, denn ich bin ledig.«

Fatime sagte: »Ich gehe gern, nach Abwicklung schwieriger Geschäfte, mit ihnen nach Deutschland, seit gestern liebe ich es, denn Lohengrin ist ein Held. Er hat seine Elsa tapfer verteidigt, so etwas gefällt mir: Auch für mich haben schon zwei Duelle stattgefunden; mein Alfonso, noch bevor er mein werden konnte, ist gefallen. Ich erwarte hier die Auszahlung von tausend Gulden, die er mir vermacht hat. Dann bin ich gern bereit, Sie nach Deutschland zu begleiten. Ich bin aufrichtig: Sie gefallen mir nicht, ich habe aber geschworen, mich ein Jahr lang keinem Manne hinzugeben; denn erstens muß ich Alfonso treu bleiben, zweitens hilft mir ein Schutzengel, weil ich noch Jungfrau bin!«

Herr Eick fand die Naivität der Wilden entzückend und sagte: »Die tausend Gulden können Sie ohne weiteres im Stich lassen, das ist eine kleine Summe, die kann ich leicht ersetzen.«

Fatime aber erwiderte: »Das kann ich nicht, denn was Sie mir auch immer geben würden, nie wären es die tausend Gulden des gefallnen Alfonso.« »Besprechen wir das wo anders,« meinte Herr Eick, der sich nun feierlich vorgestellt hatte: »Gehn wir zu Biffi in der Galerie zum Mittagessen.«

Dort machte Fatime die Bekanntschaft mit Austern, die sie sofort ausspuckte, und mit Hummer, der ihr außerordentlich mundete. Nun versuchte es Herr Eick mit Kaviar und Sekt. Fatime kostete vom Kaviar und sagte: Schuhwichse äße sie nicht. Kaum aber hatte sie vom Champagner der Witwe Cliquot genippt, als sie ausrief, das sei kein Wein, sondern ein Getränk der Himmlischen. Mindern Sekt hatte sie übrigens sehr oft getrunken. Am Nachmittag legte sich Fatime in ihrem Zimmer auf ein Stündchen nieder, wurde aber bald durch einen Besuch der Mailänderin gestört. Diese Dame hatte Bedenken bekommen und wollte die Geschäfte womöglich rückgängig machen. Fatime aber lachte sie aus und sagte ihr, sie hätte einen deutschen Kavalier gefunden, nun könnte die Frau noch mehr haben. Man stritt hin und her, und schließlich unterschrieb Fatime einen Wechsel über fünfhundert Lire und bekam vierhundert, nachdem sie die Frau überzeugt hatte, daß der ritterliche Deutsche wirklich lebte und im Hotelbuch eingeschrieben stand. Sie schlich trotzdem stundenlang um das Hotel und fühlte sich erst beruhigt, als Fatime am Arm des dicken Deutschen eine Droschke bestieg und abermals zu Biffi fuhr. Die Wucherin begab sich darauf auch in die Galerie, denn sie hoffte, das Paar dort zu treffen. So geschah es auch. Unbemerkt schlich sie, als Menschenmengen die glanzvollen Glashallen durchfluteten, um das Café Biffi, an dessen Tischen, halb im Freien, wohlsituierte Menschen ihr Abendessen einnahmen und ihre schöne Kleidung, den funkelnden Schmuck zur Schau trugen. Doch von allen interessierte sie ja nur der reiche Herr mit dem Brillantring und die Nubierin, die bereits in ihre Fänge geraten war. Ihre Freude war so groß, daß sie zur Musik, die in der Galerie heitre Weisen aufspielte, beinah getanzt hätte. Fatime benützte den Abend dazu, den Deutschen auf ein durchaus platonisches Verhältnis vorzubereiten. Immer wieder wiederholte sie, mindestens ein Jahr lang müßte sie dem guten Alfonso, der ihretwegen gestorben war, treu bleiben. Sie konnte nicht begreifen, daß die Einstellung des deutschen Fabrikanten, ihr gegenüber, keine erotische, sondern, aus künstlerischen Gründen, eine sachgemäße war. Herr Eick förderte seit einiger Zeit sämtliche Richtungen, die von Paris aus über den Rhein gedrungen waren. Welches Aufsehn, so dachte er, wird zwischen Anhängern sämtlicher Negerkünste ein echtes Kind aus Nubien erregen? In Angelegenheiten der Liebe bevorzugte er Damen mit dunklerm Haar, aber mit rassenverwandter Hautfarbe. Übrigens ward ihm das erst nun, bei näherer Betrachtung der schmucken Nubierin, ganz klar. In geistigen Dingen, war er überzeugt, müßte man zu den ursprünglichen Rassen zurückgreifen: Nach Tahiti, das Gauguin in Mode gebracht hat, war vorläufig Afrika, das Land der Sphinx, aus verschieden Gesichtspunkten her, am modernsten geworden. In Mailand gefiel es dem dunklen Mädchen so gut, daß es sich nur sehr schwer zu einer Weiterreise über die Alpen entschließen konnte. »Hier habe ich einen guten Lehrer, kenne die Sprache!« weigerte es sich lange, hinweggenommen zu werden. Erst spät brach man auf. Am nächsten Tag flog Fatime aus, denn das ihr von der Wucherin geliehne Geld mußte, des Regenwetters wegen, in einen Waterproof umgesetzt werden. Als sie zurückkam, erkannte sie am trippelnden Gang ihre gute Mailänderin, die Fatime eben zu angemessner Stunde im Hotel Cavour besuchen wollte. Sie überzeugte sie, daß sie ihr noch fünfhundert Lire leihen sollte, denn ihre Kleidung entspräche nicht dem Umgang mit einem so reichen Herrn. Die Mailänderin hatte sowohl an der Nubierin als an ihrem blonden Kavalier einen Affen gefressen und zahlte, auf Wechsel, sofort fünfhundert Lire aus... siebenhundert aber müßte sich Fatime verpflichten, zu bezahlen. Nun begleitete sie die Wucherin noch in ein Geschäft und half ihr beim Aussuchen eines prächtigsitzenden Straßenkleides. Dabei zwinkerte sie immer der Verkäuferin zu, sie möge höhere Preise nehmen und mit ihr das größere Erträgnis teilen. Zum Mittagessen trafen sich Fatime und Herr Eick in der Galerie und begaben sich nochmals zu Biffi. Nun gelang es dem Herrn aus Deutschland, das Mädchen dazu zu bewegen, mit ihm abends nach Luzern abzudampfen. »Gut,« sagte sie, »ich werde noch eine Stunde bei meinem Lehrer nehmen und dann abfahren.« Selbstverständlicherweise gab ihr Herr Eick einhundertfünfzig Lire für bereits genommene Stunden. Fatime kaufte sich aber dafür seidne Hemden. Weder im Hotel noch sonstwo, hatte sie von ihrer Abfahrt gesprochen. Im letzten Augenblick ließ sie sich die Rechnung vom Deutschen bezahlen und sagte in der Direktion, wenn die Wucherin morgen kommt, so drohn Sie ihr mit Verhaftung; sie hat mir auf Wechsel Geld geliehn, weil sie hofft, der Herr würde alles bezahlen: Dabei hat sie ungeheure Prozente genommen. Daraufhin stiegen Fatime aus Nubien und Hermann aus Barmen in die gleiche Droschke und begaben sich auf den häßlichsten Bahnhof Italiens. Nach anderthalb Stunden hatten sie die Schweizer Grenze überschritten, schliefen gut in gesonderten Schlafcoupés, bis sie in der Früh vor Luzern vom Schaffner geweckt wurden. Es war ein sehr schöner Frühlingstag, als die zwei am Vierwaldstätter See ihren Morgenspaziergang machten. Die Klarheit der Luft, vielleicht auch der Schweizer Boden selbst, wirkten vorteilhaft auf die Verstandestätigkeit der Nubierin. Sie hatte hin und her gedacht, wen sie in Triest mit ihrer Tausendguldensache direkt beauftragen solle.

Paolo konnte noch in Haft sein. Überdies würde er, würde auch Georgios... an sie die Forderung stellen, die den vier Silben ›In Europa‹ Umsetzung in Wirklichkeit verschaffen könnte. An der Erfüllung dieses Versprechens mochte sie nicht denken, zumal sie jetzt Hermann, wenn schon irgendeinem Mann, zu Dank verpflichtet wäre. Wo mochte Georgios sein? Er war doch geflohn, mit Ausweisung aus Österreich bedroht. Sie erklärte ihrem Begleiter, sie müsse einen wichtigen Brief schreiben und begab sich ins Hotel, um folgendes Schriftstück aufzusetzen: »An Herrn N. W., Redakteur der Zeitung ›Il Piccolo‹ in Triest. Ihr Blatt hat die Freundlichkeit gehabt, sich mit meiner Persönlichkeit zu beschäftigen, so fühle ich mich denn als ihre Mitarbeiterin. Die letzte Nachricht über den Tod des guten Alfonso Capello, die Sie in Ihrem Blatt gebracht haben, hat mich zutiefst betrübt. Die edle Tat des zu früh Verblichenen hat mir bis jetzt nur Unannehmlichkeiten bereitet. Ihr Blatt ist in Italien weit verbreitet und, sowohl in Venedig als auch in Mailand, hat man sofort die unglückliche Nubierin in mir vermutet, die nun Erbin von tausend Gulden werden sollte. Ich bin in die Hände böser Menschen geraten. Die Naivität, die mir, Tochter der Wüste, innewohnt, ist schändlich ausgenutzt worden. Kurzum, Wucherer haben sich an mich geheftet. Hochgeehrter Herr, Sie wissen, daß ich immer wahrheitsgemäße Dinge für Ihr Blatt mitgeteilt habe, so werden Sie auch diesmal an der Wahrhaftigkeit meiner Aussagen nicht zweifeln. Sollten Sie einen Zweifel haben, so bitte ich Sie, wenden Sie sich an die Direktion des Hotels Cavour in Mailand, wo Sie Auskunft über mich und ein tückisches Weib, das meine Freigebigkeit und Unschuld ausnutzen wollte, jederzeit erhalten können. Ich kenne in Triest nur ein ritterliches Wesen, das meine Sache in die Hand nehmen kann, das sind Sie. Ich bitte, sorgen Sie dafür, daß mir das Geld, sowie es flüssig werden kann, an das britische Konsulat in Berlin, wohin ich mich nun begeben werde, um meine Gesangsstudien fortsetzen zu können, nachgesandt werde. Ich danke Ihnen im voraus und lege Ihnen meine Photographie bei. Sollte ich jemals Erfolg haben, so werde ich immer an Ihre Zeitung denken, die sich als erste meiner angenommen hat.

In Dankbarkeit Ihre sehr ergebene Fatime N.«

Kaum war der Brief fertig, verlangte die Nubierin mit Hermann und ohne Hermann photographiert zu werden. Das Bild, auf dem sie allein war, mußte in ein paar Stunden fertig sein, damit sie den Brief mit dem Photo noch am gleichen Tage zur Post bringen konnte.

Mehrere Tage, bis der Pilatus seinen Degen trug, und am Abend auch wirklich Regen eintrat, hielten sich Hermann und Fatime in keuscher Gemeinschaft in Luzern auf. Unangenehmes von Mailand aus schien sich nunmehr nicht ereignen zu müssen. Übrigens hatte Fatime dort den sonst so pedantischen Hermann dazu bewogen, sich nach Paris abzumelden. Vielleicht mochten der Gesangslehrer und die Wucherin nach der abgängigen Afrikanerin forschen lassen! Fatime machte sich aber keine großen Sorgen. Sie schuldete dem Lehrer drei Stunden und ein paar Wagenfahrten. Dafür konnte er ihr nicht viel anhaben. Die Wucherin konnte sich nur auf der Polizei lächerlich machen; warum hat sie einer Fremden, einer Afrikanerin dazu, ohne weiteres so viel Geld geliehn! Fatime wußte, das war nur möglich, weil sie einen Schutzengel hatte, der sonst vorsichtige Menschen, zu ihren Gunsten, zu betören vermochte.

Nun ging es aus der kühlern Schweiz, in der Fatime es verstanden hatte, so sachlich über Dinge, die sie angingen, nachzudenken, in noch nüchternere Gegenden. An einem widerlichen Wind- und Regentag setzte ein pünktlicher Schnellzug Fatime mit ihrem Begleiter Hermann am Anhalter Bahnhof in der fröhlichen Stadt Berlin ab. Herr Eick hielt sich in der Kurfürstenstraße ein kleines Absteigequartier, in dem er auch modernste Kunstschätze und einige Gegenstände echter Kongokunst aufgestellt hatte. Dorthin wollte er sich nun begeben. Doch brachte er zunächst Fatime in einem der großen Hotels in der Nähe des Anhalter Bahnhofs unter. Erstens wollte er nicht durch die Nubierin in seinem Hause Aufsehn erregen, zweitens mochte er sie zu einem Künstlerfest als Überraschung vorführen. Bis zum Abend, also beinahe einen vollen Tag, sollte Fatime sich selbst überlassen bleiben. Hermann hatte geschäftlich zu tun, versprach ihr aber für ihre Geduld ein schönes Geschenk und überdies einen vergnüglichen Abend im Wintergarten. Als Fatime den Lift bestieg, um in die dritte Etage, in der ihr Zimmer lag, zu gelangen, erblickte sie, außer sich selbst, im Spiegel noch einen nubischen Boy des auf- und niederziehbaren Kastens. Der Boy – kaum hatte auch er im Spiegel seine Landsmännin wahrgenommen – lüftete höflich die Mütze und sprach die Nubierin in der Mundart der Heimat an. Er war in Toska, etwas oberhalb Korosko, dem Geburtsort Fatimes, zur Welt gekommen. Schon als Kind hatte man ihn nach Deutschland gebracht. So konnte er sich seiner

Landsmännin als Lehrer in der deutschen Sprache anbieten. Fatime war sehr erfreut, endlich einem dunklen Antlitz in die Augen zu sehen, dazu, in der Sprache ihrer Kindheit, einige Worte wechseln zu können. Doch sie fühlte sich als Dame und wollte keine nähere Bekanntschaft mit einem Liftboy. Das Zimmer Fatimes war geräumig, sauber, bequem eingerichtet, doch für eine ausgesprochene Südländerin den ganzen Tag dämmerhaft. So schlief das dunkle Mädchen bald ein und als es vier Uhr war (sie mußte sich nach der Stunde bei einem Dienstboten erkundigen), bestellte sie einen Happen, bestehend aus Austern, Kaviar, Hummern und Sekt, aufs Zimmer. Das mußte sehr fein wirken, denn Hermann hatte doch die gleiche Platte, kurz nach ihrer Bekanntschaft in Mailand bestellt. Da Fatime noch nicht im Besitz einer Uhr war und erst hatte schellen müssen, um zu wissen, wie weit der Tag schon seinem Ende nahte, fühlte sie sich Dienstboten des Hotels gegenüber verpflichtet, nur feinste Leckerbissen zu sich zu nehmen. Alles ist auf blendendem Silber serviert worden. Nun schmeckten ihr aber Austern und Kaviar immer noch nicht, nur den Hummer hatte sie rasch verzehrt. Sollte sie Kaviar und Austern in einem Eimer verschwinden lassen? Sie entschloß sich anders. Sie schellte, sagte dem Kellner, der nubische Boy sollte kommen, da er ihr eine Übersetzung aus dem Nubischen ins Deutsche machen müsse. Sie sprach in dem Augenblick absichtlich gebrochen französisch, damit die Notwendigkeit des Knabenbesuches besonders einleuchtend erscheinen mochte. Die Nubierin hatte keine andre Absicht gehabt, als bloß dem jungen Landsmann Austern und Kaviar vorzusetzen. Die Austern mundeten ihm, vom Kaviar behauptete er, er schmecke wie Schuhwichse. Nachdem er die Leckerbissen besonders glücklich durch ein ergänzendes Glas Moet Chandon hinuntergespült hatte, wollte er sich frühreif, also verliebt, gebärden. Fatime mochte sich aber keineswegs ihren Schutzengel durch diesen Bengel vertreiben lassen und wies ihn aus dem Zimmer. Das ließ sich der heranreifende Nubier nicht gefallen. Es kam zu einem äußerst erregten Zwiegespräch, in dem Mädchen und Junge handgreiflich wurden. Gäste und Personal stürzten in die Stube und erblickten mit Entsetzen das Ende einer afrikanischen Szene, in deren Verlauf Weine, Austernschalen, Silbergeschirr auf den Boden zu liegen gekommen waren. Die Folge war Entlassung des Boys, und zwar durch den Direktor selbst, der auf dem Zimmer Fatimes erschien. Die Nubierin aber tuschelte dem

Jungen zu: »Wenn du mir versprichst, mich niemals zu lieben, keine Begehren zu haben, will ich dich in meinen Dienst nehmen. Schreibe mir unter der Adresse Fatime an das Postamt W 40. Jetzt aber tu, als ob du sehr empört wärst.« Nach einer halben Stunde verließ Fatime ihr Zimmer. In der Halle des Hotels erblickte sie den nubischen Boy, der sich umgezogen hatte und nun sofort das Hotel verlassen sollte. Es war ihr gelungen, ihm unbemerkt zuzuraunen: »Erwarte mich vor dem Bahnhof.« Sie las noch eine französische und italienische Zeitung, dann sagte sie, sie wolle um sieben zurück sein und verließ das Hotel. Gleich darauf fand sie den Boy, der ihr mitteilte, daß er Hassan heiße. Sie ging streng mit ihm um und erteilte den Befehl, sie sofort in einer Droschke zu einem Gesangslehrer zu bringen. Der Junge wußte keine Anschrift, schlug in allen Adreßbüchern am Bahnhof nach und fand endlich Namen und Wohnung eines italienischen Lehrers. Sofort wurde dorthin kutschiert. Der Lehrer war zu Hause, hatte aber den italienischen Namen nur aus Geschäftsrücksichten angenommen, verstand nicht die Sprache Rossinis und verständigte sich nur schwer auf Französisch. Fatime hatte sofort mit der Liebesarie aus der Aida Bekanntschaft und Unterricht angefangen. Die paar Brocken genügten, um handelseinig zu werden. Das dunkle Mädchen versprach dreifaches Honorar für die erste Lektion, falls Herr Milani, wie sich der Lehrer nannte, die Dame, die nun zum Unterricht gekommen war, wegschicken wollte. Während der Stunde, die Fatime nun erteilt wurde, wartete Hassan im Vorraum. Als die Lektion zu Ende war, halfen alle Adressenangaben nichts. Herr Milani aus Stettin verlangte, bezahlt zu sein. Fatime entschloß sich, als Pfand dazubleiben und sandte Hassan mit einem Schreiben an Hermann Eick vor das Hotel; dort sollte er warten, bis der reiche Mann Fatime um sieben Uhr abholen wollte. Der Plan gelang. Hermann war allerdings überrascht, von einem Nubier, anstatt von einer Nubierin, angesprochen zu werden. Er nahm den Jungen in der Droschke mit und eilte zu Herrn Milani, um Fatime auszulösen. Dann überreichte er, noch immer in der Wohnung des Lehrers, Fatime sein versprochnes Geschenk: Eine wundervolle goldne Uhr an massivem, feingeflochtnem Kettchen. Die Nubierin geriet in wirkliches Entzücken, war doch ihr lebhaftester Wunsch nun endlich in Erfüllung gegangen. Daß vom Behang der feinen Genfer Uhr auch ein blutroter Rubin tropfte, bereitete ihr besondern Spaß. »Nicht wahr, Hermann,« sagte sie zum Dank fürs Angebinde: »Bald bekomme ich einen Smaragdring?« Der Fabrikant aus Barmen nickte freundlich: »Ja!« Bekräftigte jedoch sein Versprechen keineswegs durch hinzugefügte Worte. Nun begab man sich in den Wintergarten, nahm sein Diner ein und verbrachte den Abend in heller Freude unter dem Sternhimmel aus Glühbirnen. Fatime, die noch niemals ein Varieté besucht hatte, fand ihr größtes Wohlgefallen an einem halben Dutzend tanzender Elefanten. Sie dachte unaufhörlich an ihr fernes, liebes Afrika. Hassan sollte seine neue Stelle am nächsten Tage in der Kurfürstenstraße bei Hermann Eick antreten.

Fatime gab Herrn Eick für elf Uhr vormittags am nächsten Morgen ein Stelldichein im Hotel. Sie hinterließ jedoch, daß sie möglicherweise etwas später kommen würde, da sie zu tun hätte, Herr Eick möchte sie erwarten. Geld hatte sie sich wohlweislich geben lassen. So mietete sie dann um halb zehn Uhr eine Droschke und begab sich auf das britische Konsulat. Da um zehn Uhr die Amtsstunden begannen, wurde sie sofort empfangen. Vor allem war ein Brief aus Triest angekommen. Der Redakteur schrieb ihr, sie hätte Glück, ein Ägypter wäre nach Kairo gefahren und wollte alles in Ordnung bringen; anstatt von Amts wegen sollte alles von dem einflußreichen Mann persönlich und rasch erledigt werden. Auch die Triester Behörde wäre dabei, die Sache in Ordnung zu bringen. Das Geld des armen Alfonso sei ja vorhanden, sie könne hoffen, es in acht Tagen zu erhalten. Darauf begab sich Fatime zu einem Beamten der Gesandtschaft und bat, auf Grund dieses Briefes und der Nachricht aus der Zeitung, die sie immer noch bei sich führte, um einen Vorschuß. Sie bekam hundert Mark. Nun lief die Nubierin stracks in ein Modehaus und kaufte prachtvolle Strümpfe und Schuhe. So hatte sie durch ihre Einkäufe den guten Hermann eine halbe Stunde warten lassen. Er lud sie zu einer Fahrt durch den Tiergarten ein, dann sollte in seiner Wohnung das Mittagessen eingenommen werden. Der Tag war recht heiter. Die Fahrt durch die schönsten Teile Berlins, durch den großen Garten im Frühlingsschmuck, machten der Afrikanerin Spaß. Um ein Uhr traf man in Hermanns Wohnung ein. Empfangen wurde Fatime von ihrem kleinen Landsmann, der schon eine neue, dezent lilafarbige Livree trug. Sie zürnte dem Knaben keineswegs und freute sich, ein dunkles Gesicht aus der Heimat in ihrer Nähe zu haben. Eingeladen waren noch ein paar moderne

Künstler, Maler und Bildhauer, die sich besonders für Negerkunst einsetzten. Jeder brachte, da er erfahren hatte, daß er zu einer Nubierin geladen wäre, ein Bild oder eine Skulptur für die erotische Dame mit. Sie empfand aber darüber gar keine Freude; sie wußte die Schönheit dieser europäisch-afrikanischen Gegenstände nicht zu würdigen, war sie doch vor ein paar Stunden mit Hermann Unter den Linden gefahren, voll Entzücken bei der Passage ausgestiegen, um dort die wundervollen Porträts von Fischer, die hohe Fürstlichkeiten und Künstler darstellten, zu bewundern. Hermann mußte ihr versprechen, demnächst ein Doppelporträt von sich und ihr dort anfertigen zu lassen. Darüber war Eick, ein moderner Ästhet, wie wir bereits erfahren haben, ziemlich entrüstet, doch was hätte er der naiven Wilden zuliebe nicht getan! Fatime hatte auf dem englischen Konsulat die Wohnung ihres Hermann angegeben. Nun ergab es sich, daß sie schon nach ein paar Stunden, von diesem Amt aus, ans Telephon gerufen wurde. Man fragte sie beiläufig, ob sie Fuad kenne. Fatime besaß die Geistesgegenwart, zu erklären, er wäre ihr größter Feind, habe sie zu allerhand Zwecken benutzen wollen; sie aber hätte für Politik nichts übrig. Offenbar war die Abfahrt der Nubierin, die so lange Zeit bei Englands grimmigsten Feinden in Haft gehalten worden war, an sämtliche Gesandtschaften des britischen Reiches gedrahtet worden. An dieses Telephongespräch knüpfte sich nun unter den anwesenden Deutschen und der Ägypterin eines in französischer Sprache über Politik an. Die Künstler waren lange in Paris gewesen, sprachen gut französisch, haßten England. Hermann hingegen, der solide Kaufmann, liebte zwar nicht England, verehrte aber die Tüchtigkeit, den guten Geschäftssinn des englischen Volkes. Er meinte, Ägypten hätte seinen Wohlstand England zu verdanken, man könne es, nach zwanzigjähriger Herrschaft dieser Weltmacht, nicht nur ein Geschenk des Nils nennen, es wäre nun auch zu einem Geschenk Englands geworden. Er selbst hatte sich zwar nicht in Ägypten, doch in England, Kanada und Indien aufgehalten: Stürze Englands Macht ein, so sagte er, wäre es gar bald mit der Herrschaft der weißen Rasse in allen andern Weltteilen der Erde zu Ende. Der kleine Nubier, befragt, ob er französisch verstände, sagte nein und blieb während des ganzen Gesprächs zugegen. Er brachte Kaffee, servierte Zigaretten und Zigarren und machte sich mit Likören zu schaffen. Natürlicherweise hatte er als Orientale und Boy in großen Hotels bereits so viel

Französisch aufgeschnappt, daß er es sich ganz gut zurechtlegen konnte. Am Nachmittag erhielt Fatime Unterricht im Malen und Gestalten von Lehmklößen. Man fand, daß ihr ein sehr ursprüngliches Talent innewohne. Dann nahm der Maler eine Gitarre von der Wand und spielte. Fatime sollte tanzen. Das tat sie auch, und als man sie beklatschte, verlangte sie, Hermann solle ihr Ballkleider kaufen. Dann bestellte sie eine Droschke und fuhr zu Milani, um Gesangsstunde zu nehmen. Der Boy begleitete sie als Dolmetscher. Da es stark goß, lud ihn die Nubierin zu sich in den Wagen, wo der arme Junge vor Liebesweh, sowohl beim Hin- als auch beim Rückweg, stöhnte und seufzte. Fatime erklärte ihm aber, es gäbe für ihn nichts zu erhoffen, denn sie liebe Hermann, würde ihn nach einem Jahr, sogar schon nach elfeinhalb Monaten, nämlich genau ein Jahr nach dem Verscheiden Alfonsos, heiraten. – Die Lektion bei Milani dauerte reichlich dreiviertel Stunden. Die Nubierin fand, daß Gesangslehrer in Deutschland viel fleißiger und gewissenhafter wären, als in südlichen Strichen. Am Abend begab sich Fatime noch mit Hermann in ein feines Modegeschäft auf der Tauentzienstraße und wünschte dort zu ihrer Balltoilette fleischfarbige Dessous und Seidenstrümpfe. Als ihr die Damen im Laden nach langem Zögern schokoladenfarbige reichten, war die Nubierin über diese Anzüglichkeit sehr empört und verließ sofort den Laden, in dem man so frech war. Hermann führte sie in ein andres Geschäft, wo er fleischfarbige Dessous und Seidenstrümpfe nach der Hautfarbe einer Europäerin verlangte. Fatime war zufrieden. Nun ging es zur Oper, wo Webers Freischütz das Blut der Nubierin in Wallung bringen sollte. Sie verstand nichts. Der arme Hermann mußte die ganze Zeit Erklärungen geben. Es strengte ihn sehr an, da das alles in französischer Sprache geschehn mußte. Auch mahnte ihn das Publikum einige Male zur Ruhe. Unterdessen schrieb Hassan, der kleine Boy, folgenden Brief an Herrn Fuad N. in Alexandrien: »Hochgeehrter Herr, großer Patriot, Hoffnung der mohammedanischen Welt! Ich bin zwar ein kleiner Nubierknabe, hoffe aber trotzdem meinem geliebten Vaterland nicht geringe Dienste leisten zu können. Hier befindet sich eine Nubierin, Fatime N. Sie kennen sie. Sie hat Ihre Hut genossen. Ich habe es durchgesetzt, in ihren Dienst zu gelangen, denn ich empfand sofort, daß sie Ihre Feindin war. Weiß sie von Ihren Plänen, so wird sie den Engländern alles verraten. Da man glaubt, daß ich nicht französisch verstehe, ist es mir möglich gewesen, bei einem Gespräch in französischer Sprache, das von hier aus mit der englischen Gesandtschaft gehalten wurde, anwesend zu sein. Ihr Name fiel oft: Ich übertreibe nicht, wenn ich behaupte, auf Fatimes Angaben hin, sei Euer Tod beschlossen worden. So übergebe ich diesen Brief, den die Post nicht befördern darf, einem kleinen Araber, den ich kenne, und der ihn ins Kuriergepäck der französischen Gesandtschaft für ihr Konsulat in Kairo schmuggeln wird. Sowie Sie diesen Brief in Händen haben, erteilen Sie mir Weisung, was ich tun soll; geben Sie mir auch die Mittel, meine Pflicht zu erfüllen. In Nubien sind wir nicht gerade mohammedanische Fanatiker, hier in der Fremde denke aber auch ich nur an den Propheten und schwöre Ihnen, in ewiger Treue unserm Werk dienen zu wollen. Ihr niedrigster Diener Hassan N.«

Die nächste Woche verging Fatime im Flug. Sie hatte fast täglich Stunden im Singen, Malen, im Bildhauen, im Tanzen und in der deutschen Sprache zu nehmen. Dazu sollte sie noch Radfahren und Reiten lernen. Alles das war ihr nicht zu viel. Sie fand noch Zeit, mit Hermann bummelnd, unversehens Einkäufe zu machen. Das Hotelzimmer hatte sie endgültig aufgegeben. Hermann mußte bald nach Barmen zurück, wollte Fatime in seiner Wohnung lassen und sie mindestens alle vierzehn Tage besuchen. Etwa acht Tage nach ihrer Ankunft in Berlin wurde sie eines Morgens vom englischen Konsulat angerufen. Man fragte sie, ob sie bereit wäre, einen der Beamten der Gesandtschaft zu empfangen. Sie erwiderte: »Sehr gern.« Eine halbe Stunde darauf fuhr ein Herr vor und ersuchte die Nubierin, sie in einer wichtigen Angelegenheit zu sprechen. Man hatte ihn gewählt, weil er am besten französisch sprach. Der Boy versuchte dem Gespräch beizuwohnen. Seine Anwesenheit war aber dem vorsichtigen Beamten peinlich, obwohl er nichts Politisches vorzutragen hatte. Fatime merkte das und befahl Hassan, das Zimmer zu verlassen. Da begann der Herr: »Nur eins, Madame, sollte kein Dritter hören. Ihre Erbschaftsangelegenheit ist auf telegraphischem Weg und durch die Zutat eines englandfreundlichen Arabers geregelt worden. Alles andre könnte jeder Mensch erfahren, man dürfte es in die Zeitung setzen. Ich gestatte mir, Ihnen hiermit tausend Gulden zu übergeben. Eine Steuer, Stempelgebühren, die in Österreich und Ägypten zu bezahlen wären, sind auf Konsulatwegen erledigt worden. Öffnen Sie, bitte, in meiner Anwesenheit den Umschlag!« Mit diesen Worten übergab der Gesandtschaftsbeamte Fatime tausend Gulden. Sie dankte ihm sehr und verstand es, sich als gewandte Dame zu benehmen. »Gestatten Sie,« sagte sie zu dem Beamten, »daß ich je hundert Mark für die armen Ägypter und für die armen Engländer in Berlin spende.« Der Beamte lächelte und erwiderte: »Eine Spende für Bedürftige dürfen wir nie abweisen.« – Darauf nahm die Nubierin zwei Hundertmarkscheine, tat sie in einen Umschlag und übergab sie dem Engländer. Er fragte dann, ob Fatime auch London besuchen würde, worauf die Dame antwortete, sie hätte keinen heißern Wunsch, als diese größte Stadt kennenzulernen. Ihre Studien, die sie in Deutschland angefangen, müsse sie nun aber erst in Berlin beendigen. Der Beamte erzählte, daß er in Ägypten gewesen wäre und kein Land mehr liebte. Besonders Nubien fände er den schönsten Teil des Nilreiches; er sei bis zum stolzen Felsentempel von Abu-Simbel gekommen. – Den, so erzählte nun Fatime, hätte sie auch einmal gesehn. Abu-Simbel habe ihr einen größern Eindruck gemacht, als die Tempel von Karnak und die Pyramiden. Nach diesem Austausch gesellschaftlicher Meinungen empfahl sich der höfliche Herr. – Fatime bestellte sofort einen Wagen, ließ Hassan neben dem Kutscher sitzen und fuhr zu Friedländer Unter den Linden. Dort kaufte sie ein goldnes Armband und einen Ring mit schönem Brillanten. Sie wollte die zwei Schmuckstücke mit ihren tausend Gulden bezahlen, doch überschritten die Einkäufe den Betrag. Da ließ sie die ganze Rechnung Hermann Eick senden. Als sie im Wagen saß und an ihre tausend Gulden dachte, fiel ihr ein, Hermann eine Freude zu bereiten, und so kaufte sie ihm in der Königgrätzer Straße für tausend Mark einen wundervollen Smyrnateppich in den lila Farben eines östlichen Vollmonderscheinens zwischen letzten Blutranken des verdämmernden Tropentages. Diesmal hatte das wilde Mädchen Geschmack gezeigt: auch die leichten Grüntöne des Prachtstückes waren voll Behutsamkeit in das sacht variierte Muster aus vergangnen Zeiten eingefügt. Wer den Teppich sah, war überrascht, erfreut, einen Fleck Morgenland bestaunen zu dürfen. Auch Hassan sollte beschenkt werden. In der Potsdamer Straße erstand sie für ihn eine silberne Uhr mit Kette. Da es nun abermals zu regnen anfing, nahm sie den Boy mit in das Innre des Wagens. Seine Freude über das Geschenk war so groß, daß er vergaß, sich dafür zu bedanken. Er spielte und klimperte nur mit den metallnen Gegenständen.

Viele Bekannte Hermanns besuchten ihn und Fatime in den nächsten Tagen. Der Teppich fand also allgemeinen Anklang. Hermanns Freude über das Geschenk war so groß, daß er ohne weiteres die Rechnung bei Friedländer bezahlte. Wer sich um die Nubierin in der Kurfürstenstraße einfand, war berauscht über die Fortschritte, die das Mädchen aus der Wildnis in europäischen Umgangsformen machte. Dabei kam sie doch nur mit Herrn, niemals mit Damen in Berührung. Geschäfte zwangen Hermann, Berlin zu verlassen. Fatime mußte allein mit einer Aufwartefrau und Hassan zurückbleiben. Alle Mahlzeiten wollte sie außerhalb des Hauses einnehmen: Die Mittel, die ihr der reiche Fabrikant angewiesen hatte, genügten zu einer ausgezeichneten Lebensführung. Fatime aß fast nur Hummern, Oderkrebse und Zander, ihren Lieblingsfisch. Nach jeder Mahlzeit genoß sie ein Fruchteis. Fleisch schmeckte ihr kaum. Gemüse, außer frischem Spargel, verschmähte der afrikanische Gaumen. Hassan hielt sich an schwarzes Fleisch, besonders gern an Wild; Rebhühner und Fasanen mußte er mindestens an jedem zweiten Tag einmal verzehren. Auch mundeten dem jungen Nubier Bananen und Datteln ausgezeichnet. Wie wäre es möglich gewesen, zu Haus so verschiednem Begehren Genüge zu schaffen! Auch sparte man durch den Gasthof an Bedienung. Bei sämtlichen Lektionen, die die Nubierin nahm, zeigte sie sich sehr eifrig. Eines Tages kehrte Fatime mit Hassan vom Tanzunterricht heim und fand vor ihrer Tür einen Polizeibeamten. »Gut, daß ich Sie treffe,« sagte er, »ich war schon vor zwei Stunden hier und habe jetzt dreimal geläutet.« Hassan schloß die Tür auf, und man trat ein. Fatime wurde auf morgen zur Polizei beordert. Sie mußte die Quittung dieses Befehls unterschreiben. Was konnte es sein? Sie machte sich keinerlei Sorgen. Am Abend verhielt sie sich in einer Künstlergesellschaft sehr fröhlich. Beim Weggehn bat sie einen Herrn, er möge sie doch zur Polizei begleiten, da sie nicht genug Deutsch verstände. Der Herr war bestürzt, daß sich so etwas ereignet hatte und versprach, pünktlich einzutreffen. Zu Haus angelangt, entkleidete sich Fatime und schlief rasch ein. Sie konnte nicht bemerken, daß in der Dienstbotenkammer auf Arabisch getuschelt wurde. Während Fatimes Abwesenheit hatte Hassan den Besuch eines Arabers bekommen. Er brachte Fuads Antwort. Der Patriot zeigte sich abermals als ein edler und gebildeter Mann: Er antwortete nicht gradaus auf den Brief eines Boys, ließ ihm jedoch für sein gutgemeintes Schreiben danken. Er setzte aber hinzu, Hassan möge ein treuer Dienstbote bleiben, sich nicht in Dinge der Politik mengen. Er, Fuad, wüßte, daß sich Fatime um Staatsangelegenheiten nicht kümmerte. Berlin sei, was die ägyptischen Angelegenheiten angehe, eine neutrale Stadt. An der Spree verhandle man nicht über die Zukunft des Nillandes. Eine Beobachtung Fatimes und ihrer Freunde wäre ein müßiges Begehn. – Ali, der den Brief Hassan zustecken sollte, ist jedoch andrer Meinung gewesen. Er war noch jung, unklug, ein abenteuerlicher Fanatiker. Vor allem riet er Hassan, alle Gespräche weiter zu belauschen. Dann übergab er ihm eine Schachtel mit Giftpastillen: »Wenn du merkst,« sagte er, »daß man gegen Ägypten feindliche Dinge unternimmt, dann greife ein! Du servierst doch deiner Herrin und ihren Freunden das Frühstück; löse an drei Tagen eine Pille im Kaffee auf, und wer das Gift getrunken hat, muß sterben. Es hinterläßt Spuren, die man durch Autopsie feststellen kann. Der Verlauf der Vergiftung innerhalb drei Tagen führt jedoch vom Verdacht, daß ein Verbrechen vorliege, weg. Jeder Arzt denkt an eine typhöse Erkrankung und wundert sich nicht, wenn ihr der Vergiftete erliegt. Merke dir nämlich, drei Pillen genügen, doch der Tod tritt meistens erst nach acht bis zehn Tagen ein!« Hassan dachte keineswegs an einen politischen Mord, doch übernahm er gern die gefährliche Schachtel, da er sehr eifersüchtig und entschlossen war, jeden Nebenbuhler, der von Fatime bevorzugt würde, zu vertilgen. Er hatte viel im Hause herumgelauscht, war somit überzeugt, daß Hermann nicht Fatimes Geliebter war: Er sollte nur vergiftet werden, falls sich in der Lebenslage zwischen den zwei Freunden etwas ändern mochte.

Am nächsten Morgen begab sich Fatime auf die Polizei. Sie wurde keineswegs unhöflich empfangen. Die Kairoer Behörde war aufgefordert worden, in der Erbschaftsangelegenheit Auskunft zu geben. Zwei Personen behaupteten, Anspruch erheben zu können. Eine Frau Farina und ein Gesangsprofessor, beide in Mailand. Es scheine, daß die Summe schon ausgezahlt worden wäre, dies ergäbe sich aus den Berichten der in Triest zuständigen österreichischen Polizei. Fatime sagte ohne Umschweife: »Ich habe, was mir zukommt, erhalten. Das englische Konsulat hat alles besorgt und in Ordnung gebracht. Personen, die etwas von mir haben wollen, können mich verklagen. Ich bin bereit, den Betrug dieser Leute nachzuweisen.« Der Beamte antwortete: »Beweise gegen Sie scheinen jedoch vorhanden zu sein. Sie sollen Wechsel über mehrere hundert Lire ausgestellt haben. Werden diese Wechsel anerkannt und bezahlt, so soll nichts erfolgen; andernfalls will Frau Farina die Klage, keineswegs nur wegen Nichtinnehaltung der Verpflichtungen, sondern auch wegen betrügerischer Vorspiegelungen und fluchtartiger Abreise aus Mailand anstrengen. Überdies frage ich Sie, leugnen Sie, Unterricht in Gesang und Diktion erhalten zu haben?« »Die Stunden,« erwiderte darauf Fatime, »werden bezahlt werden. Die Wucherin aber, die mir, einer Mohammedanerin, die sie zu allerhand Unfug verführen wollte, nachstellt, darf ich nicht bezahlen.« Darauf sagte der Beamte: »Sie geben hiermit zu, Geld erhalten und Wechsel unterschrieben zu haben?« Fatime antwortete: »Ich gebe keine Auskunft; die Frau Farina soll die Wechsel einschicken und mich auf den ihr möglichen Wegen verklagen, ich werde ihr die gebührliche Antwort zu erteilen wissen.« Darauf erwähnte der Beamte, daß Notizen über Fatimes Flucht und Betrug bereits in den Mailänder Zeitungen gestanden hätten. Sie aber sagte: »Mich kennt dort niemand. Ich kümmre mich weiter nicht darum. Ich habe schon viel Ungerechtigkeiten ertragen.« – Dann ging sie fort. Niemand vermochte sie daran zu hindern. Zwei Tage später klingelte es besonders stark an der Tür. Der Boy ging, um zu öffnen. Draußen stand ein Herr und fragte in gebrochnem Deutsch, ob Fatime zu Haus wäre. Der Boy, von Eifersucht erfaßt, sagte nein. Fatime aber hatte Geräusch gehört und trat aus dem Zimmer. Es war im Flur ziemlich dunkel und sie hörte eine bekannte Stimme »Fatime!« rufen. Doch sie erkannte zuerst weder das Organ, noch die Gestalt des Ankömmlings. »Ihre Stimme ist mir bekannt,« sagte sie: »Wer sind Sie?«

Da wurde ihr auf Italienisch geantwortet: »Ich bin Georgios.«

Sie erschrak und war erfreut. »Georgios, wie kommen Sie hierher?«

»Fatime,« sagte er: »Wie glücklich bin ich, Sie zu treffen: Ich mußte ja nach dem Duell fliehn und habe mich nach Genf begeben; meine Freunde haben es zuwege gebracht, daß ich als Grieche nicht ausgewiesen wurde. Ich kehrte nach Triest zurück und erfuhr durch einen Redakteur, daß Sie sich in Berlin aufhielten, die Erbschaft des

Alfonso angetreten haben, und daß Sie nun, von Mailand aus, verleumdet und polizeilich gesucht werden. In Triest hat man sich geweigert, eine diesbezügliche Notiz in die Zeitung aufzunehmen. So habe ich Ihre Adresse, den Vorfall, alles, was nötig war, auf privatem Wege erhalten. Nun bin ich hier, um Sie zu begrüßen« (ihr zuflüsternd): »In Europa!«

»Nahn Sie mir nicht,« rief Fatime, »ich bin Verlobte eines Deutschen. Ich muß das Gelübde, das ich zu Alfonsos Tod geschworen habe, mich ein Jahr lang keinem Mann hinzugeben, halten. Und wenn sonst ein Mann auf Erden das Recht hätte, sich meinen ersten Bräutigam zu nennen, so könnte es nur Paolo sein, obschon er Alfonso getötet hat. Wo ist Paolo?«

Georgios antwortete: »Er ist ein paar Wochen in Haft gehalten worden, dann hat ihn der Kaiser begnadigt; er mußte aber abreisen, darf fünf Jahre lang österreichischen Boden nicht betreten. Ich habe gehört, er sei nach Nizza gefahren.«

Darauf sagte Fatime: »Ich fürchte mich vor ihm nicht, überhaupt vor keinem Mann, treten Sie ein. Seien Sie harmlos bei mir zu Gast!« Und Hassan rief sie auf nubisch an: »Gib acht, wenn der Mann mich angreift, so springe mir bei!«

Georgios blieb zwei Stunden bei Fatime, versuchte es auf italienisch, das Hassan wirklich nicht verstand, unaufhörlich die Nubierin zur Liebe zu bewegen. Als er sah, daß alles umsonst blieb, stand er auf, nahm seinen Hut und ging, ohne zu grüßen, fort. Am nächsten Tag erschien er in den Abendstunden wieder.

Fatime empfing ihn mit folgenden Worten: »Ich hoffe, daß Sie heute vernünftig sein werden: Seien wir gute Freunde, hoffen Sie auf später!«

Als Hassan sah, daß nun das Gespräch viel fröhlicher, ja mit Sympathie von beiden Seiten geführt wurde, erwachte in ihm Grimm und Eifersucht. Er legte auf die Treppe Äpfel und Orangenschalen. Als bald darauf, auf der wenig begangnen Treppe, Georgios hinuntersteigen wollte, löschte Hassan plötzlich das elektrische Licht aus und rief laut: »Kurzschluß!«

Georgios ließ es sich nicht verdrießen und ging weiter, ohne etwas zu sehn, die Treppe hinab. Plötzlich rutschte er aus und stürzte kopfüber zwölf Stufen hinunter. Er hatte dabei viel Lärm verursacht, vielleicht auch aufgeschrien; jedenfalls erschienen viele Menschen im dunklen Treppenhaus. Der Finsternis konnte jedoch, von der untern Etage aus, sofort abgeholfen werden, da ja keine Störung eingetreten war. Hassan hatte aber sofort darauf mit einem Federmesser in Fatimes Wohnung die Leitung verdorben, wodurch die Wohnung Fatimes dunkel bleiben mußte, überdies im Treppenflur nicht mehr hell gemacht werden konnte. Nun aber lief der Boy erschreckt auf die Treppe, und es gelang ihm geschickt, mit den Füßen die Schalen zur Seite zu schieben, so daß sie durchs offne Geländer in die Tiefe glitten. Soweit er es herbeizuführen vermochte, waren alle Spuren seiner Missetat verschwunden. Überdies hatte er Glück: Georgios sagte, in der plötzlich eingetretnen Dunkelheit habe ihn Schwindel erfaßt, wie so etwas häufig bei ihm vorkäme. So wurde der Fall, wurden Sohlen und Absätze des Verunglückten nicht näher untersucht. Mit Mühe brachte man ihn in Fatimes Wohnung zurück. Als dort das elektrische Licht ebensowenig wie auf der Treppe funktionierte, wurden von überall Kerzen herbeigebracht. Auf einmal spürte Georgios große Schmerzen. Hassan lief nach einem Arzt, trat bald mit einem Studenten der Medizin, der in einem Nachbarhaus wohnte und den Hassan kannte, dem er soeben zufälligerweise begegnet war, ein. Georgios war unterdessen bewußtlos geworden. Er hatte eine Gehirnerschütterung erlitten, dazu die rechte Hand gebrochen. Fatime ahnte die Ursachen des Unglücks, äußerte sich aber nicht darüber, hat auch Hassan niemals einen Vorwurf gemacht. Der Boy ängstigte sich gleich nach dem Unfall auf der Treppe sehr und dachte, Georgios könnte doch etwas wissen, wenigstens vermuten; und gab ihm, bevor er zum Bewußtsein kommen durfte, eine Giftpille des Arabers. Aus Eifersucht und Angst hat er sie ihm aber, nachdem sie in Wasser zergangen war, eingeflößt! Dem etwas später herbeigerufnen Arzt konnte ebensowenig wie dem Studenten etwas auffallen. Es war recht selbstverständlich, daß der Schwerverletzte noch nicht erwachte. Schon nach einigen Stunden vermochte es Hassan, die zweite Pille in Georgios Körper zu bringen, am Abend die dritte, – und nachts verschied der junge Grieche. Dem schlauen Hassan war sein Anschlag so gut gelungen, daß keine Polizei, kein Gerichtsarzt etwas Böses vermuteten. Fatime hatte sofort Hermann herbeigerufen. Man kann nicht sagen, daß ihn irgendein Verdacht erfaßt hätte, aber er witterte hinter dem Unheil ein besondres Verhängnis und entschloß sich sofort, seinem Verhältnis zur Nubierin ein Ende zu machen. Fatime war durch das neue Unglück, das einen ihrer Kavaliere erreicht hatte, bestürzt und willigte in den Bruch ohne Widerrede ein. Hermann gestattete ihr, noch ein halbes Jahr in seiner Wohnung in der Kurfürstenstraße zu bleiben. Sechs Monate bezahlte er die Gesangstunde im voraus und fünftausend Mark gab er ihr auf die Hand. Auch bestritt er vorläufig die Ausgaben zur Beerdigung Georgios'. Seine Verwandten haben später Eick alles zurückerstattet; keiner ist jedoch zum Begräbnis nach Berlin gekommen. Lange Telegramme, Bestellungen auf Kränze waren das, was die Angehörigen für den jungen Mann tun wollten. Georgios' Verhältnis zu Fatime, seine Berliner Reise, hatten zu viel Mißstimmung, zu viel Ärgernis in der griechischen Kolonie in Triest hervorgerufen. Hinter dem Sarg gingen nur, außer dem griechischen Priester, Fatime, Hermann und Hassan einher. Der Boy blieb ganz kalt, verriet sich durch kein Wort, keine Gebärden.

Kaum war Hermann, nach ziemlich freundlichem Abschied, weggefahren, als Fatime, trotz des Verbots ihres Gönners, die fünftausend Mark in den Wind schlug; sie verwandte sie teilweise auf Putz, teilweise zu Festen, die ihr sogar die eingeladnen Künstler, – denn solche kamen ja zu ihr – übel nahmen. Nach dem traurigen Fall Georgios' hätte man ein gelasseneres Benehmen der Nubierin erwartet. Da sie nun kein Geld hatte, wollte sie ihre Angel nach Paolo auswerfen: Sie schrieb ihm nach Triest, sie schrieb ihm nach Alexandria; seine Adresse in Nizza oder Paris hatte sie nicht. Der Brief nach Triest kam bald als unbestellbar zurück. Auf den nach Alexandria hat sie nie Antwort bekommen. Nun fiel ihr ihre Freundin auf einen Tag in Venedig, die schwangre Annetta, als Choristin Filomena genannt, ein. Was mußte sie von ihr denken? Nicht einmal ihre Pflegemutter in Mailand hatte sie aufgesucht! Doch sie dachte nicht daran, das bedürftige Mädchen, dem sie Geld schuldig war, und das bald Mutter werden sollte, nach Berlin zu berufen. Hingegen schien es Fatime geraten, mit Annettas Pflegemutter in Mailand nunmehr in Beziehung zu treten. So setzte sie sich denn an einem Morgen an den Schreibtisch und verfaßte folgenden Brief: »Sehr geehrte Signora D'Amico, ich bin eine Freundin Ihrer gütigen, lieben Pflegetochter Annetta, auf deren Veranlassung ich Sie hätte in Mailand besuchen sollen. Auf der Reise ist mir allerhand Widerliches zugestoßen. So konnte ich mein Vorhaben nicht ausführen. Damit Sie aber sehn, daß ich nicht undankbar, keineswegs unzuverlässig bin, schreibe ich Ihnen diesen Brief. Ich lebe hier in Berlin, nicht in gesicherten Verhältnissen, habe aber einen großen Bekanntenkreis. Die Deutschen sind ein freundliches, gegen alle Ausländer entgegenkommendes Volk. Besonders die Aufnahme, die man mir, einer unwissenden Afrikanerin, bereitet hat, ist überraschend gut gewesen. Es ist teilweise eigne Schuld, wenn meine Verhältnisse noch nicht ganz geordnet sind. Ich bin eine junge Nubierin, die sich zum Gesang ausbilden läßt; wie gern hätte ich eine Beschützerin, eine Pflegemutter, hätte ich Sie in meiner Nähe! Überzeugt davon, daß meine magischen Fähigkeiten größer, meine Art die Dinge zu sehn weniger umständlich ist, als die Ihrer Pflegetochter Annetta, fordre ich Sie auf, nach Berlin zu kommen. Die Deutschen halten viel von überirdischen, von außerordentlichen Dingen. Ich glaube in dieser reichen Stadt könnten wir vortreffliche Geschäfte machen. Daß wir beide nicht deutsch können, schadet nichts. Man braucht uns nicht immer zu verstehn, etwas Undeutlichkeit wird in unserm Betrieb von Vorteil sein. Überdies habe ich einen jungen Nubier bei mir, der als Übersetzer gut funktionieren wird. Sie sprechen doch auch Arabisch? Auch habe ich eine schöne Wohnung. Ich schlage Ihnen also vor, herzukommen, Ihr Mann möge bald folgen, die liebe Annetta, sowie es uns gut geht. Mit besten Grüßen an Sie, Ihren Mann und Annetta Ihre Fatime N.«

Nach vier Tagen bekam Fatime ein Telegramm aus Mailand: »Erwarten Sie mich nächsten Freitag abends Anhalter Bahnhof. Erkennungszeichen rote Straußenfedern. Signora D'Amico.«

Fatime war hocherfreut. Sie sah noch genau nach, wann der Schnellzug aus Mailand eintreffen sollte und begab sich mit Hassan auf den Bahnhof. Einem Wagenfach zweiter Klasse entstieg nun eine Dame in brennend blauem Atlaskleid, mit einem schwarzen Hut mit roten Straußenfedern. Sie war ziemlich dick und mochte hoch in den Fünfzigern stecken. Die Augenbrauen waren in Renaissancestil gemalt, die Lippen saftigrot gefärbt. Um den Hals hing ihr eine Kette, an der eine goldne Lorgnette befestigt war; gleich beim Aussteigen setzte sie das nützliche Schmuckstück über die Geiernase, vor die scharfblitzenden Augen, um die Nubierin, die ja – als schwarzes Erkennungszeichen selbst – ihr entgegenkommen mußte, sofort zu entdecken. Sie hatte als Handgepäck eine außerordentlich umfangreiche Hutschachtel, ein safranrotes Köfferchen, ein Bologneser Hündchen mit lichtblauen Schleifen um Hals und Schwänzlein, zwei Angorakatzen, einen Kanarienvogel und einen bunten Papagei mitgebracht. Um alle diese paradiesischen Güter mußte Hassan sich kümmern, forsch betätigen. Die zwei Frauen, die sich noch nie gesehn hatten, umarmten und küßten einander. Hassan tat, was ihm vorher befohlen worden war; er küßte der ägyptischen Italienerin die gelbbehandschuhte Hand. Man fuhr nach Haus. Plötzlich ließ Fatime die Droschke vor einem Blumenladen halten, sie stieg aus, kaufte prachtvoll duftende Rosen und reichte sie der glücklich Eingetroffenen. Dabei sagte sie: »Blumen sind Zeichen der Zuneigung; ich habe keine zum Bahnhof gebracht, da ich Sie noch nicht kannte. Nunmehr möchte ich Ihnen aber durch dieses kleine Geschenk bekunden, daß Ihre Person alle meine besten Erwartungen weitaus übersteigt.« Frau D'Amico, mit dem reizenden Vornamen Lisa, war entzückt über Fatime, das Geschenk und die Wohnung. Sie äußerte, es wäre seit Ägypten immer ihr Traum gewesen, einen schwarzen Groom zu haben. Beiläufig bemerkte sie, ein so netter, offenherziger, wie Hassan, wäre bei ihr noch niemals in Dienst gestanden. Sie sprach mit ihm arabisch und freute sich, als er ihr einen Happen, vor hungrige Blicke, goldumrahmtes Gebiß und knallig geschminkte Lippen, vorsetzte. Sie nahm ziemlich vernehmbar ihre erste Mahlzeit im Norden ein. Noch vor dem Schlafengehen wurde Fatime magnetisiert. Die Probe gelang vortrefflich. Ähnlich wie vor ein paar Tagen Georgios, vor dem Verscheiden, zuckte nun beim Einschlafen Fatime auf und schlug dann, wie eine Unbewußte, mechanisch um sich.

»Gut so, gut so!« rief ihr die Magnetiseurin zu, »du verstehst den Beruf heute schon besser, als Annetta nach Jahren. Wenn du das Einschlafen so gut kannst, wirst du auch wissen, hohe Wahrheiten zu stammeln, dann braucht weder mein Mann, noch Annetta nachzukommen.« Die Übung wurde fortgesetzt. Die dicke Lisa sagte: »Nun bin ich ein junges Mädchen von sechzehn Jahren;« worauf ihr Fatime in fingiertem Halbschlaf zurief: »Bald, mein junges Täubchen, findest du deinen Täuberich; ach, könnt ich so weiß sein wie du, dann würde ich einen ebenso weißen Geliebten finden. Noch drei Jahre mußt du um seinen Besitz kämpfen, dann endlich sollst du ihn bekommen. Drei Söhne und zwei Töchter entsprießen deiner glücklichen Ehe, doch, ach, schon vierzigjährig sollst du Witwe werden. Dann aber kann bereits dein ältester Sohn für dich sorgen. Mit fünfundfünfzig Jahren heiratest du zum zweiten Male. Die meisten deiner Kinder werden dich bis ins Greisenalter, im Kreise von deinen Enkeln, umgeben; nur die jüngste Tochter wird frühzeitig sterben.«

Lisa war entzückt. Darauf sagte sie: »Nun bin ich ein Mann von dreißig Jahren.«

Fatime rollte die Augen, erhob wie Siegfried, nachdem er tot war, den rechten Arm im magnetischen Schlaf und verkündigte: »Nun bist du im entscheidenden Augenblick deines Lebens! Bisher hast du mit Frauen nur getändelt. Ein einzigstes Mal glaubtest du geliebt zu haben, doch das Mädchen war deiner nicht würdig. Nun aber erscheint die Richtige. Sie bringt dir, weißester Schwan, eine ziemliche Aussteuer mit, du sollst sie heiraten. Zuerst wird eure Ehe unfruchtbar bleiben, doch nach vier Jahren schenkt dir deine Schöne einen Sohn und Erben. Fünf Jahre später folgt noch ein Mädchen, die holdeste Schwanenjungfrau; du wirst in der Zwischenzeit Sorgen haben. Du sollst deinen Beruf verlassen, umsatteln. Tu es, wenn an dich die Notwendigkeit herantritt, beherzt! Dann warten bessre Tage deiner. Im Alter von sechzig Jahren wirst du nach kurzer Krankheit sterben. Deine Kinder werden eine gute Erziehung empfangen, und du für eine sorglose Witwenschaft deiner Gattin gesorgt haben.«

Signora D'Amico und Hassan klatschten, und der Papagei rief, aus dem Schlafe aufgeschreckt: ›Putana!‹ Darüber ärgerte sich Signora D'Amico und sagte: »Schon fünfzehn Jahre habe ich dieses Tier in meinem anständigen Haus, immer wieder aber sagt es dieses garstige Wort, das er in seiner Jugend gehört hat.« Dann fuhr Frau D'Amico fort: »Holde Niltochter, wir arbeiten weiter: Nun bin ich eine reiche Frau von fünfundfünfzig Jahren.«

Sofort stammelte Fatime: »Viel Ärger in deinem Haus hat dich krank gemacht, doch ist dein Gatte gut, verzeih ihm seine Launen. Sei überzeugt, daß er das Beste meint, alles aufwenden wird, um dir Freude und Genugtuung für dein mühevolles Leben zu verschaffen.

Vor allem mußt du eine Reise nach dem Süden machen, reise nach Luxor, lustwandle unter Dattelpalmen, reite nachts, bei Mondschein, auf flinkem Esel nach Karnak, lustwandle im großen Tempel. Reite bei Morgenwind heim. Ägyptische Knaben mit flatternden Hemden sollen dir beim Ausflug zur Seite laufen. Dort, im trocknen Klima, kannst du vollkommen genesen, nachts, falls du nicht aussaust, wirst du gut schlafen können. Nimm keine Schlafmittel mehr, die Wüstenluft ist stärkend, schlummerfördernd. Auch deinem Gatten wird sie gut tun; er hat Anlage zu einem Gallenleiden, das seh ich genau, denn jeder Körper ist mir wie Glas. Die Luft meiner Heimat, ein Leben ohne Kummer längs des Nils, wird ihn vor dem Fortschreiten seines Übels bewahren. Du wirst ihn überleben, aber auch ihm sind noch viele Jahre in Gesundheit beschieden; doch sollt ihr reisen, reisen!«

Lisa D'Amico war begeistert; Hassan stolz auf den Verstand seiner Herrin.

Der Papagei kreischte: ›Lisa, porta caffè per il pappagallo!‹

Nach einigen Tagen konnte man in mehreren Berliner Zeitungen folgendes Inserat lesen: ›Die Sphinx spricht: Wer seine Zukunft, seinen Gesundheitszustand kennen will, komme zu der Magierin Lisa D'Amico aus Alexandria: Sie kennt die Weisheit ihrer Heimat Ägypten! Ihr weibliches Medium, Fatime, stammt aus dem Nubierland: Seine Antworten sind alle unfehlbar. Die gelehrte Dame empfängt täglich zwischen 10 und 1 und zwischen 3 und 6 Uhr.‹

Der Zulauf zu Frau D'Amico war von Anfang an groß. Fatime verstellte sich sehr geschickt. Oft schluchzte sie, denn auch eine gute Schauspielerin, das sah sie ein, hätte die Sängerin ergänzt! Aber für sie gab es nur zwei Rollen: Die Aida und die Afrikanerin. Hassan bekam gute Trinkgelder, hätte manches Liebesabenteuer haben können, doch er stand treu zu seiner Herrin, der jungfräulichen Fatime. Signora D'Amico wurde mit Briefen von ihrem Mann und auch der Annetta überschüttet; beide wollten nach Berlin kommen. Doch die Magierin vertröstete ihre Angehörigen auf eine nicht allzuferne Zukunft. Vorläufig ginge es nicht. Man verdiente zwar, doch war in der Wohnung kein Platz, und grade Wohnungen sind in Berlin sehr teuer. Als Annetta von einem Knaben entbunden wurde, sandte ihr die Pflegemutter zweihundert Lire und Fatime fünfhundert, dazu noch nette Sächelchen für das Kindlein.

Die Nubierin nahm übrigens weiter mit Erfolg Unterricht bei Milani. Bald mußte sie vollkommen ausgebildet sein. Eines Tages lernte sie dort einen jungen Belgier kennen, der ihr sehr gut gefiel. Er hieß Angelus Beaulieu. Sie hatte besondre Freude an Gesprächen mit ihm, weil sie imstande war, sie geläufig auf Französisch zu führen; die deutsche Sprache bereitete ihr immer noch große Schwierigkeiten. Bei magnetischen Sitzungen eröffnete sie die Weisheit der Sphinx auf arabisch, Hassan mußte übersetzen. Nicht selten wurden in der Wohnung in der Kurfürstenstraße kleine Feste veranstaltet, zu denen auch Angelus kam. Er und Fatime sangen, Hassan zupfte Gitarre. Frau D'Amico spielte auf einem gemieteten Piano. Die Maler versicherten immer noch, daß Fatime für die Malerei begabt sei. Sie malte nur selten, aber die Blätter gefielen den Künstlern ihres Bekanntenkreises derart, daß in einem Kunstsalon am Kurfürstendamm eine Ausstellung ihrer Schöpfungen veranstaltet wurde. Alle Bilder konnten verkauft werden, die Kritik hatte sich teilweise auch recht günstig ausgesprochen.

Angelus fürchtete, Fatime könnte der Musik untreu werden. Er war der einzige, der keinen Gefallen an den andern Arbeiten der Nubierin fand. Eines Tages sagte er: »Fatime, Ihre Gesundheit kann so viel Arbeit nicht aushalten, Sie sind eine ausgezeichnete Sängerin, lassen Sie das Malen! Lassen Sie auch das Magnetisiertwerden! Sie sind eine Südländerin, haben sich aber von den rastlosen Leuten anstecken lassen. Meine Mittel sind gering, doch ich kann Ihnen ein bescheidnes Leben, bis wir beide zu Erfolg gelangen werden, in Paris bieten. Frau D'Amico ist zwar eine Schwindlerin, dennoch aber eine Hexe: Unter ihrem Einfluß werden Sie geschwächt, Ihre schöne Begabung muß darunter leiden. Ich liebe Sie. Wenn Sie wollen, können wir morgen Berlin verlassen.«

Fatime hatte schon manche Liebeserklärung über sich ergehen lassen, ohne einen starken Eindruck dabei zu empfangen. Bei diesem Sänger fühlte sie aber auch eine Gemeinschaft durch die Kunst, und sie vermochte nicht ohne weiteres ein paar vertröstende Worte, wie es sonst bei ihr üblich war, über die Lippen zu bringen. »Nein,« sagte sie, »bleiben Sie, bleiben wir beide – noch ist unser Tag nicht gekommen. Ich bin die Afrikanerin, möchte meinem Freund ein neues Reich zu Füßen legen. Noch darf ich nicht lieben: Wie wäre es mir möglich, einem Vasco da Gama den Weg nach Indien zu weisen?«

Angelus aber meinte: »Das ist Romantik, holde Freundin, erschließen Sie mir Indien in einer Mansarde zu Paris. Das klingt zwar auch romantisch, ist aber dennoch schöne Wirklichkeit. Seien Sie mir meine Afrikanerin, die Indien im kleinsten Raume hervorzaubert: Sehen Sie, das ist ein Glück, das dauert. Die romantische Afrikanerin muß für ihren Vasco unterm Manzanillabaum sterben. Wir beide aber wollen noch lange, lange leben.«

Fatime reichte Angelus ihre Hand, die er drückte. Dann sagte sie: »Zu viel Ringe beschweren meine Finger;« sie streifte einen ab und gab ihn dem jungen Sänger.

Als dieser versuchte, ihr einen Kuß zu geben, meinte sie: »Das darf nicht sein. Grade von Ihnen nicht. Noch bin ich Alfonso verpflichtet. Behalten Sie den Ring: Wenn Sie es vermögen, soll er Ihnen Indien verkünden!«

Eines Tages wurde in einem Bildhaueratelier ein Künstlerfest gegeben. Fatime und Angelus waren geladen. Beide hatten, unabhängig voneinander, den gleichen Gedanken. Fatime erschien als Afrikanerin in der Oper Meyerbeers, Angelus als Vasco da Gama. Kaum hatten sie sich in diesem Aufzuge gesehn, erschraken beide. Man erkannte gleich die Kostüme, forderte die Sänger auf, die Liebesarie zu singen. Angelus war sehr erfreut über den Vorschlag. Er hatte der Nubierin zu Liebe die Rolle einstudiert. Fatime entschloß sich nach einigem Widerstreben ebenfalls dazu. Es war ihr beim Liebesduett gar schwer ums Herz. Ihr kamen Empfindungen, wie sonst nie im Leben. Genau fühlte sie, nicht eines Schutzengels wegen, sondern um zuerst Angelus zu gehören, war sie keusch geblieben. Doch nochmals versprach sie sich, Alfonso bis zur Jährung seines Todestages treu zu bleiben. Gegen Lebende darf man eher wortbrüchig werden als gegen Tote. Nach dem schönen Fest begleitete sie Angelus bis zu ihrer Wohnung in der Kurfürstenstraße. Er blickte sie sehnsuchtsvoll an. Sie sagte: »Es geht nicht, der kleine Hassan bewacht mich.« Zufälligerweise hatte sie eine Wahrheit ausgesprochen: Hassans Eifersucht war immer größer geworden. Am nächsten Tage ergab sich etwas Eigentümliches. Fatime fühlte Ermüdung durch das Fest und ließ sich von Hassan das Frühstück zum Bett bringen.

Er erkundigte sich nach ihrem Befinden, fragte, ob seiner Herrin die Tanzfeier gefallen habe.

Sie antwortete: »Es war schön, hat aber zu lange gedauert.«

Plötzlich warf sich der fünfzehnjährige Boy vor Fatime, die noch ausgestreckt lag, auf die Knie und bat: »Im Namen des einzigen Gottes und seines Propheten, im Namen unsers Heiligen Nils, unsrer nubischen Heimat, flehe ich um eins: Fatime, in einem halben Jahr werden Sie Gattin oder Geliebte Angelus sein; bis dahin will ich Ihr treuster Diener bleiben. Doch sehn Sie mich an, ich bin wohlgestaltet, bin Ihr Landsmann; einmal gewähren Sie mir dann auch Ihre Huld! Tun Sie es dann, so werde ich auch fernerhin Ihr treuer, verschwiegner Diener bleiben, bis Sie alt werden; andernfalls würde ich elendig zugrunde gehn. Ihr nubischer Schutzengel müßte dann auch gekränkt sein!« Hassan zitterte dabei.

Er selbst und Fatime, beide fürchteten, er könnte in Krämpfe oder in Ohnmacht fallen.

Da sagte ihm die Nubierin: »Hassan, ich hab' dich gern, habe Angelus noch nichts versprochen; wie könnte ich dir eine so schwerwiegende Zusage machen? Nicht in Menschenhand, in Gottes Gewalt steht das Künftige. Bleibe treu mein Diener: Was Allah beschlossen hat, wird geschehn.«

Hassan faßte diese Worte, als eine Zusage auf. Vielleicht sind sie es im Wunschbereich Fatimes gewesen!

Die sechs Monate, die die Nubierin in der Kurfürstenstraße zubringen wollte, die Gesangstunden, die sie in diesem Zeitraum bei Milani nehmen durfte, nahten ihrem Ende. Eigentlich hatte sie von der Mitarbeit bei ihrer Gästin, Frau D'Amico, gelebt. Das Geschäft blühte so ziemlich. Es wäre wohl möglich gewesen, eine kleinere Wohnung im Westen der Weltstadt zu nehmen und den Betrieb fortzuführen. Seitdem aber Fatime Angelus liebte, fühlte sie Grauen vor der schwindelhaften Arbeit, die sie leisten mußte. Noch liebte sie den Putz, doch trug sie ihn nur an Abenden, wenn Angelus zu ihr kam, wenn dann beide sangen und tanzten, Hassan die Harfe spielte, Frau D'Amico sich taktvoll zu ihren Tieren zurückzog. Hassan war nicht mehr so eifersüchtig: Er hatte das feste Empfinden, durch Angelus wird auch mir Erfüllung meines Wunsches. Sonst, das wußte er, käme er niemals an sein Ziel.

Eines Abende sagte Fatime zu ihrem Vasco, denn, als solcher kostümiert, kam Angelus oft zur Nubierin: »Ich habe keine Lust, mich hier mit Frau D'Amico auseinanderzusetzen. Die Abwicklung aller kleinlichen Arbeiten liegt mir nicht. Ich bin die Afrikanerin, ich sehe nur Vasco, Nubien, mein Indien, das ich ihm in einer Nacht zu Füßen legen werde. Vasco, in drei Wochen soll ich meine Wohnung, muß ich Milani verlassen; Frau D'Amico weiß nichts davon – fliehen wir! Lassen wir die Gauklerin, lassen wir alle Freunde hier im Stich. Hassan wird uns begleiten, daher nicht verraten.«

Angelus sagte: »Wird das der Tag unsrer Hochzeit sein?«

»Nein,« sagte Fatime, »mein Vasco, an dem Tage umschiffen wir das Kap der Guten Hoffnung. Zwei Monate darauf jährt sich der Todestag Alfonsos, dann treten wir miteinander ins Paradies. Das soll mein Indien sein, das ich uns zu Füßen lege.«

Hassan wußte bald von diesen Absichten, war darüber zufrieden, sogar davon eingenommen. Doch eigentümlich! Er spielte von nun an, wenn er allein blieb, in Angelus Vasco-Gewand, das bei Fatime aufgehoben wurde, immer wieder, vor dem großen Spiegel der Sängerin, den Liebestod der Afrikanerin unter dem Gifthauch-Baum. Da war er der Held, die Heldin bildete er sich bloß ein, oder er sprang mit Kleidungsstücken der Angebeteten umher. Das waren die Stunden seiner liebesüchtigen Aufregungen.

Frau D'Amico war tatsächlich ahnungslos, als Fatime ihr Vorhaben, sie im Stich zu lassen, ausführte. Sie dachte, jahrelang könnte es in Fatimes eigner Wohnung so fortgehn: Die Berliner hielten viel von der ägyptischen Kunst des Wahrsagens und magnetischen Heilverfahrens. Das Geschäft blühte so ziemlich, jedenfalls waren die Einnahmen viel höher als in Mailand oder Ägypten. Fatime hatte eines Morgens einen freundlichen Brief von Hermann bekommen, in dem er sie bat, die Wohnung räumen zu wollen und anfragte, ob sie ein Gelddarlehn oder ein kleines Geschenk zum Umzuge benötige. Fatime war nicht mehr so habsüchtig. Sie liebte es nur, von Angelus Geschenke anzunehmen, freute sich sehr auf den Augenblick, wo sie und er durch eigne Arbeit leben würden. Sie gab Hermann keine Antwort. Als einmal Madame D'Amico, zu ihrer Erholung, eine Wagenfahrt durch den Tiergarten machte, ließ Fatime einen Wagen holen, lud mit Hassan alle wertvollen, ihr selbst gehörigen Gegenstände in das Fuhrwerk, und ließ sie in ein großes Hotel bringen. Dorthin schaffte sie dann auch Hassans Koffer und gab alles nach Paris auf. Zwei Tage darauf sagte sie, wohl wissend, daß sie auf großen Widerstand stoßen würde, zu Frau D'Amico: »Ich möchte meine Freundin Annetta mit Kind hier haben.«

Frau D'Amico, die ihre Pflegetochter nicht besonders schätzte, war andrer Meinung. Sie sagte: Man soll Annetta nicht aus ihrem Beruf ziehn, viel eher wäre sie dafür, daß ihr Gatte aus Mailand nach Berlin zöge.

Fatime meinte: Ihr Gatte sähe zu volkstümlich aus; wenigstens nach den Photographien könnte man ihn für einen Salamihändler halten.

Frau D'Amico war empört und sagte: »Ich bin hier ebenso die Hausfrau wie Sie, es sollen beide wegbleiben.«

Fatime stellte sich nun verstimmt. Hassan freute sich über diese Vortäuschung, und eine halbe Stunde darauf entfernten sich Hausfrau und Diener aus der Wohnung in der Kurfürstenstraße. Frau D'Amico war daran gewöhnt, daß Fatime und Hassan sehr oft spät heimkehrten, und so legte sie sich, ohne viele Gedanken darüber, um elf Uhr zu Bett. Das Bologneser Hündchen ruhte ihr zu Füßen unter der gleichen Decke. Unterdessen waren Fatime, Hassan und Angelus bereits in Rathenow auf der Fahrt nach der Lichtstadt Paris. Als am Morgen, um zehn Uhr, Frau D'Amico, durch ihre hungrigen Tiere geweckt, aufstand und auf Arabisch ihr Frühstück verlangte, erschien kein Hassan. Sie dachte sich: ›Das sind richtige Bummler, vielleicht aber heute doch ein glückliches Pärchen geworden; schließlich kann man es ihnen nicht verdenken, Hassan ist jung, das Mädchen nicht zu alt für ihn.‹ Sie drehte sich noch ein paarmal im Bett um, und dann stand sie auf, um zu sehn, ob vielleicht beide betrunken wären, daher nicht erwachen könnten. Niemand war im Hause! – Nun, Frau D'Amico konnte sich auch ohne ihre Gastgeberin behelfen! Es klingelte – sie lächelte, nun kommen sie, es ist beinahe elf Uhr. Während sie zur Tür ging, dachte die dicke Frau, sie wolle die beiden Ankömmlinge mit einem guten Witzwort empfangen. Als sie die Tür öffnete, standen zwei Beamte draußen. Sie kamen von der Polizei. Weil Fatime seit Wochen nicht Hermann geantwortet hätte, ob sie auszuziehen gewillt wäre oder nicht, mußte er sich, da nunmehr die sechs Monate um waren, an die Behörde um Hilfe wenden. Da standen sie nun, ihre Vertreter, nicht vor Fatime, die bereits in Paris ein heißes Bad nahm, um den Ruß der Reise abzuwaschen, sondern vor Frau D'Amico, die keine zehn Worte Deutsch verstand. Ohne Hassan fühlte sie sich den Einheimischen in Berlin gegenüber vollkommen ratlos. Man holte einen Dolmetscher, der französisch sprach. Frau D'Amico war bestürzt, daß sie nun ausziehn mußte, daß Fatime sie eines so kleinen Streites wegen schnöde verlassen hatte, ohne ihr Hassan, als helfenden Geist, zurückzulassen. Die Abreise der Nubierin irgendwohin stand ihr ja klar und einleuchtend, als vollkommne Tatsache, vor den Sinnen. Sie sah geradezu alle drei auf der Flucht, die sie übrigens Angst vor der Polizei zuschrieb. Die Liebe und ihre Romantik im Gefolge hätte sie dem dunklen Mädchen niemals zugetraut. Schließlich fing sie an zu weinen: Da Lisa richtig angemeldet, ihr nichts vorzuwerfen war, bedauerten sie die Beamten. Was sollte nun die verlassene Frau anfangen? Das Geschäft in Berlin fortsetzen? Ohne Fatime, ohne Hassan? Sie mußte noch am gleichen Tag ihr Hab' und Gut nehmen und in ein Hotel übersiedeln; einige tausend Mark waren noch ihr Eigentum. Wenn sie damit und allen ihren Tieren nach Mailand heimführe? Sie mochte ihren Mann ganz gern, wollte ihm aber lieber auch fernerhin monatlich hundert Mark schicken, als in das für sie ungünstige Mailand zurückkehren. Da kam ihr ein Einfall! Wenn sie Annetta schrieb, sie möge herkommen, Fatime erwarte sie? In Berlin könnte Annetta nicht auskneifen, sondern sie müßte abermals ihren Beruf anfangen; auch vermochte sie, durch Milani empfohlen, als Choristin unterzukommen. Es bestand nur eine Schwierigkeit: Für sie und ihre Pflegetochter – die deutsche Sprache. – Auch da hatte sich Frau D'Amico glänzend Rat gewußt: Der Bildhauer sprach gut italienisch, hatte wenig Geld; ob er sich nicht als eine Art von Hassan in Verpflegung nehmen ließ? Frau D'Amico begab sich sofort zu ihm. Sie hatte Glück, fand ihn zu Haus. Herr Emil Hübner, so hieß der Bildhauer, den wir schon erwähnt, doch den Lesern nicht vorgestellt haben, war Phlegmatiker, griff daher nicht sofort zu, ließ sich jedoch den Vorschlag durch den Kopf gehn. Auch hatte er eine Photographie von Frau D'Amicos Tochter gesehn, und das ließ ihn seine Skrupel, bei einer recht fraglichen Sache mitzutun, allmählich zur Ruhe bringen. Als es Abend geworden war, begab er sich noch unentschlossen, welche Antwort er geben sollte, in ein großes Café am Potsdamer Platz, wo er Frau D'Amico treffen sollte, die nun seine Entscheidung hören mochte. Als er ins Café eintrat, sagte er sich: ›Nein, das kann ich nicht tun, mit Schwindlern lasse ich mich nicht ein!‹ Frau D'Amico und ihr Bologneser Hündchen erwarteten ihn bereits. Sie hatte zufälligerweise einen lieben Brief von ihrer Pflegetochter erhalten, die ihr schrieb, sie würde gern mit ihrem Kind Venedig verlassen, da sie dort zu wenig Geld verdiente und von einem jungen Mann, der auch nichts hatte, umschwärmt wurde. »Ein Zeichen Gottes!« sagte Frau D'Amico dem pünktlichen Bildhauer zum Gruß: »Meine Tochter ist viel tüchtiger als Fatime und strebt nach Berlin. Lieber Emil, in zwei Jahren kaufen wir uns ein Eckhaus am Savignyplatz, wo die Kantstraße in ihn einmündet. Daß Sie mittun, lieber Emil, ist zu erfreulich. Ich wußte ja, daß Sie kämen, nun sind Sie da.« Die Frau schüttelte ihm beide Hände und das Hündchen sah ihn zärtlich an. Emil lächelte. Er wußte nicht recht, hatte er ja gesagt oder nicht; es schien ihm aber, nun könne er nicht mehr zurücktreten. Am nächsten Tag suchten beide Wohnung. Frau D'Amico hatte nach Venedig telegraphiert, Geld geschickt, ihr Pflegekind, ihr zukünftiges Pflegeenkelkind sollten sofort nach Berlin kommen. Nach vier Tagen holte sie tiefgerührt Annetta und ihren kleinen Tiziano ab. Das Schicksal dieser Leute geht uns nicht viel an; immerhin wollen wir sagen, daß das Geschäft viel schlechter ging, als mit der blendenden Nubierin. Jedoch fanden Frau D'Amico und die Ihren, zu denen wir auch Emil rechnen müssen, da er bald Annetta heiratete, ihr befriedigendes Auskommen in Berlin. Bildhauerei betrieb er nebenbei. Die weißen Materialisationen, die seine Frau bewerkstelligte, blieben überdies einträglicher, als das, was er aus Gips herstellte. Immerhin hat er auch hier und da eine Büste für ein Grabmal verkauft. Tiziano machte insofern seinem Namen Ehre, als er ein sehr schönes Kind war. Ihren Mann ließ Frau D'Amico nicht nach Berlin kommen; angesichts der geringern Einnahmen sandte sie ihm von nun an, statt hundert Mark, siebzig Mark nach Mailand. Er schrieb ein paar brummige Briefe, drohte nach Berlin zu kommen, blieb aber doch in Mailand und begnügte sich schließlich mit seinem geringern Einkommen. Ob er mehr Angst vor Frau D'Amico, seiner Gattin, hatte oder vor den Deutschen und ihrem Berlin, läßt sich nicht ohne weiteres entscheiden.

In Paris fühlte sich Fatime sehr glücklich. Angelus hatte ihr und sich eine kleine Wohnung in einer Seitenstraße des Boulevard Mont-Parnasse genommen. Auch Hassan gefiel die Stadt, doch konnte er weniger Französisch als Deutsch und mußte immer eindeutiger die Rolle eines ersetzbaren Dieners einnehmen; das kränkte ihn. So hatte er das Gefühl, seine Herrin entferne sich mehr und mehr von ihm, würde das halb gegebne Wort nicht halten. Da er sich bei Angelus nicht wohlfühlte, suchte er die Gesellschaft von Ägyptern und Nubiern auf. Als der dunkle Boy an einem Sonntag allein durch den Tuileriengarten bummelte, sah er einen etwas älteren, ebenso dunklen Landsmann. Er redete ihn an; der etwas weißhaarige Nubier war erfreut, einen jungen Nubier zu finden und führte ihn noch am selben Abend in eine Art von Verein arabischer, fellachischer und nubischer Ägypter. Hassan war gewandt. Er wußte es, mit den richtigen Arabern über geheimnisvolle Dinge zu sprechen.

Nach einigen Wochen fragte ihn der Oberste des Konventikels: »Wenn ich dich richtig versteh, so steht deine Herrin in englischen Diensten.«

Hassan zog den Araber heuchlerischerweise ins Vertrauen: »Ihr habt recht!« sagte er unter vier Augen: »Fatime, obschon sie bei Fuad nur Gutes genossen hat, haßt den Patrioten. Man weiß es in Ägypten. Ich habe auch Gift bekommen, um gegebnenfalls arge Feinde unsers Vaterlands beiseite schaffen zu können.« Er zog die Schachtel mit den geheimnisvollen Zeichen, die er wohlweislich mitgebracht hatte, aus der Tasche, zeigte sie dem Araber. Dem war es ein Beweisstück. Ein andermal erzählte er: In seinem Hause kämen Verschwörer zusammen. Sie sprächen alle englisch; er könne nur wenig von dem, was sie verhandelten, aufgreifen. Er brauche ein schnellres Gift, falls einer mit bösen Absichten nach Ägypten fahren möchte. Soviel könne er immerhin verstehn, um sofort zu wissen, wenn ein großer Schlag gegen die Erzvaterländischen, die Feinde Englands, in Kairo geführt würde.

Der Araber traute dem Knaben, nahm ihn in seine Wohnung und gab ihm ein Fläschchen mit Blausäure und sagte: »Wenn du hier drückst, so muß jeder, der in des Fläschchens Nähe gerät, sofort sterben. Gib du nur acht, daß du mit weit ausgestreckten Armen den heiligen Mord begehst. Es wird dir nichts geschehn, denn keine viertel Sekunde bleibt die Öffnung frei. Am besten freilich, du träufelst das Gift in des Opfers Mund; sofort schließen sich krampfhaft die Zähne und dir kann noch schwerer etwas zustoßen.«

Fatimes Ausbildung war in Berlin beendet worden. Sie hatte auch bei Angelus französische Diktion gelernt. Ihre Liebe zum Belgier war sehr stark, sie konnte nicht den Augenblick erwarten, daß die noch fehlenden zwei Monate, bis zur Jährung des Todes Alfonsos, um wären. Ein Engagement zu finden war schwer: tatsächlich eignete sich Fatime nur zur Rolle der Aida und der Afrikanerin. Immerhin gelang es Angelus durch seine guten Beziehungen, für sich und Fatime eine Verpflichtung zu einigen Abenden in einer der größern Provinzstädte Frankreichs zustande zu bringen. Beide sollten in der beliebten Oper Meyerbeers zugleich auftreten. Er als Vasco, Fatime als Afrikanerin. Es ergab sich, daß der Abend, an dem Fatime zum ersten Male auftreten würde, einen Tag nach der Jährung des traurigen Tages, an dem Alfonso seinen Wunden erlegen war, stattfinden mußte. Man hatte Paris, der Proben wegen, zwei Wochen früher verlassen. Hassan wurde nicht mitgenommen. Angelus mochte ihn nicht leiden, sagte [er] Fatime, er habe gar haßfunkelnde Blicke des Jungen aufgefangen. Fatime gab ihrem zukünftigen Liebhaber nach. Hassan wurde, mit genügend Mitteln versehn, zurückgelassen. Natürlicherweise verbrachte er die Zeit nur bei den Arabern und erzählte ihnen ein Schaudermärchen über Fatime und ihren von England gedungnen Liebhaber. Hassan wußte den Tag, an dem sich Fatime Angelus geben würde. Am Vorabend schon lief er wie besessen durch die Straßen von Paris. Als der eifersüchtige Junge bei der Morgue vorüberstreifte, fühlte er sich von einer fremden Macht erfaßt, sah plötzlich den Griechen in vollkommner Nähe: Er wollte ihn zwingen, sich in die Seine zu werfen. Nun glaubte der Nubier, mit seinem Opfer, Georgios, ums eigne Leben ringen zu müssen; schon hatte er sich dem Gemordeten ergeben wollen, als es ihm vorkam, Fatime öffne die Vorhänge ihres Bettes und winkte ihn zu sich. Da fand er noch die Kraft, sich aus den Klammern des Gespenstes zu reißen und vom Gitter der Seinebrücke zu entfernen. Er wußte dann gar nicht, wie er im Nu so weit von der Morgue weggeraten sein konnte! Nun lief Hassan durch die Straßen der Isle St. Jean, von sämtlichen Toten in der Morgue gehetzt. Am andern Ende der Insel vermochte er sich zu fassen. Da merkte er aber, daß ein wirklicher Sturm längs den Ufern der großen Stadt dahinwirbelte. Er tastete sich an einen raschelnden Baum heran, umfaßte ihn ganz fest; da bemerkte er aus ihm Kraftüberströmung in den eigenen Leib. Auf einmal fühlte sich der Junge wieder stark genug, auf gewöhnliche Art, dem daherpeitschenden Wetter trotzen zu können; ganz indisch fühlte er sich abermals, durch der Esche günstige Vermittlung, auf dem Quais der Seine. Doch stehnbleiben konnte Hassan keineswegs noch, zu stark flog sein Puls: Zurücktaumeln, bei der Morgue vorbei, der hohen Kirche Notre-Dame, mochte er auch keineswegs. So streifte er in der eingeschlagenen Richtung weiter und sah plötzlich ein großes Auge, mit einem Zeiger darin, das ihn anzog: Die Gare de Lyon. Nun wußte der Boy, was er tun mußte: Von hier aus Fatime und Angelus nachreisen! Erst nach vielen Stunden ging der Zug ab. Hassan hatte genug Geld, um die Fahrt zu unternehmen. Am nächsten Tag, als sich das schreckliche Datum jährte, befand sich der junge Nubier in der Stadt, in der Fatime sich Angelus geben sollte. Er fühlte, daß er ruhig geworden war, begab sich ins Theater und fragte, wann die Generalprobe wäre. Sie hat eben begonnen, wurde ihm geantwortet. Da er selbst Nubier war, ließ man ihn zur Nubierin vor, die am nächsten Tage die Afrikanerin singen sollte. Er trat ruhig vor seine Herrin, sagte mit Schluchzen in der Stimme, er wäre gekommen, um dem Triumph seiner Gebieterin und Landsmännin beizuwohnen. Fatime freute sich über die Anwesenheit Hassans und war sehr bewegt. Sie sprach mit ihm freundliche Worte. Als niemand anwesend war, sagte er: »Heute Nacht werden Sie lispeln: ›In Europa!‹ Fatime, werden Sie auch an Ihren Hassan denken? Er liebt Sie mehr als Angelus, darf er hoffen?«

Fatime gab dem Jungen einen Kuß auf die Stirn, dann sagte sie: »Hassan, ich werde eines andern Weib, Weib überhaupt; morgen bin ich nicht mehr ein Mädchen, keine Schwester von dir; ich werde zu dir mütterlich werden. Der Altersunterschied ist nicht groß, das Erlebnis aber, das mich erwartet, wird mich reif machen. Ich werde nicht nur einen Gatten gewinnen, lieber Hassan, sondern auch einen Sohn. Dich!«

Hassan fiel Fatime zu Füßen und weinte. »Ich danke Ihnen, Fatime,« stotterte er, »ich kann Ihr Sohn nicht sein, ich habe mehr erlebt, Schwerwiegenderes ausgeführt als Sie. Fatime, Sie wissen es nicht, sollen es auch nicht wissen. Angelus sieht mich böse an, als ahnte er, was ich verbrochen habe.«

Fatime verstand nicht, was Hassan meinte: Sie hatte, gleich nach Georgios Tod, viel eher als nun vermutet, daß Hassan des Griechen schreckliches Ende herbeigeführt habe. Ihr Wesen sagte ihr auch: ›Heute darfst du nichts Böses erfahren; es erwartet dich die Brautnacht, denke nur an Angelus.‹ – Fatime wurde durch ein Zeichen auf die Bühne gerufen, wo sie in der Generalprobe zu singen hatte. So ward die Unterredung mit Hassan abgebrochen. Als die Szene zu Ende war, ging sie mit Angelus in ein Künstlerzimmer. Dort sagte sie Angelus: »Hassan ist hier. Heute bedrückt mich seine Anwesenheit. Laß dir nichts merken, bleibe aber bei mir! Tu so, als glaubtest auch du, daß er aus Freude über mein Auftreten hier weilt. Mißachte seine Gegenwart nicht, er ist Afrikaner.« – Darauf schrieb Fatime Hassan einen Brief: »Lieber Hassan, Du hast bemerkt, daß ich sehr erfreut bin, daß Du zu meinem ersten Auftreten gekommen bist. Ich bin aber sehr erschüttert; zu viel ereignet sich heute um mich. Ich denke ja auch zurück. Ich bitte darum, lieber Hassan, verüble es mir nicht, wenn ich Dich heute nicht mehr sehn kann, auch morgen nicht. Doch anbei sende ich Dir einen guten Platz für die Aufführung. Es wird mich am entscheidenden Tage meines Lebens beruhigen, Dich im Zuschauerraum zu wissen. Ich werde Blumen bekommen. Wirf auch Du mir eine Blume auf die Bühne, doch keine rote, keine gelbe. Vermagst Du es, so wirf mir eine blaue, eine lila, oder andre mit sachter Farbe; ich werde sie ans Herz drücken. Nach der Aufführung sehn wir uns kurz. Fahre dann nach Paris und erwarte mich. Wir sind in Europa: bezähme Deine Leidenschaft; ich küsse Dich auf die Stirn, mein lieber Hassan; sei gut zu mir, wie ich es immer gegen Dich sein werde. Fatime.« –

Hassan, der dunkle Wilde, las den Brief mit kindlicher Rührung. Es kam ihm vor, als verspräche ihm Fatime eine spätre Nacht des Glücks. So ging er beinah zufrieden aus dem Theater und kümmerte sich nicht um seine Herrin. Am Nachmittag nahm er den Brief abermals vor; da wurde ihm plötzlich klar, daß ihm Fatime niemals angehören würde. Zerknitterte er oder zerweinte er nun den Brief in äußerster Aufregung? Jedenfalls ging er ihm in die Brüche: Er konnte dieses wichtigste Dokument nicht mehr entziffern. Die Schrift war verwischt. Die unleserliche Schrift regte ihn maßlos auf. Was stand darin? Ein Versprechen oder unerbittliche Absage?

Unaufhörlich trieb sich Hassan in der Nähe des Hotels herum. Nachmittags um vier Uhr begab sich Fatime endlich auf ihr Zimmer. Hinter einem Baum versteckt, konnte Hassan genau beobachten, wie die Angebetete allein einer Droschke entstieg, wahrscheinlich um zu Hause etwas Ruhe zu finden. Etwa zehn Minuten später meldete er sich. Er mußte eine halbe Stunde warten, dann ließ ihn Fatime bitten, nicht zu kommen. Hassan begab sich in sein Hotel, schnitt sich eine Ader auf, entnahm Blut und schrieb auf ein Blatt Papier: »Fatime, ich schwöre Euch, fürchtet vorläufig nichts. Ich will Euch nur ein furchtbares Geständnis machen, das mich bis zu Tod quält; es betrifft nicht Euch direkt, sondern den Griechen. Ich habe ihn gestern in Paris bei der Morgue wiedergesehn. Er war so blutüberströmt, daß auch ich heut mit Blut schreibe. Hassan.« –

Nun tat er den Zettel in einen Umschlag, schrieb darauf mit Tinte die Adresse und sandte ihn in Fatimes Zimmer. Die Aufregung, ob er vorgelassen würde, war so groß, daß er in Ohnmacht fiel. Als Fatimes Bescheid kam, sie könne ihn erst empfangen, wenn ihr erstes Auftreten vorbei sein würde, fand ihn das Stubenmädchen bewußtlos. Eilenden Schrittes meldete sie es Fatime. Nun lief auch sie herzu, und die zwei Frauen trugen den Boy auf Fatimes Zimmer. Fatime entließ die Dienerin, denn sie war entschlossen, ihres befreundeten Dieners Beichte anzuhören, wenn er zum Bewußtsein zurückgekehrt wäre. Sie strich ihm mit Eau de Cologne über die Stirn, kühlte seine Pulse.

Hassan lispelte bald: »Fatime, ich liebe Sie.«

Sie gab keine Antwort, wartete, bis sich der Junge erholt hatte. Das ging nun rasch. Sie war so erfreut wie er, in nubische Augen blicken zu können, daß sie Hassan einen Kuß auf die kühlen Lippen drückte. Da umhalste er sie und sagte: »Aus Liebe zu dir habe ich Georgios gemordet.« Die Nubierin erschrak nicht, denn, obwohl unbewußt geblieben, wohnte auch ihr das Geheimnis inne: Sie war seiner teilhaftig gewesen. Ein ungeheures Gefühl von Zugehörigkeit verband sie nun mit Hassan, sie mußte ihn, den Gleichrassigen, zuerst an sich drücken! Der Weltenabgrund hatte sie miteinander tief in seine Klüfte gestürzt: Hassan schwebte in noch schwindelerregenderer Tiefe, doch auch sie, Fatime, taumelte im Dunkeln. Sie gab ihm eine Kette von Küssen, um bis zu ihm hinabgerissen zu sein. Das Verbrechen hatte sie aneinander gebunden. Ein Augenblick der Hingabe sollte die beiden Nubier für immer aneinander schweißen. Willenlos, zu sehr beschwert durch Wünsche, ließ Fatime mit sich geschehn, was die Stunde wollte, was Hassan, daß es sich ereigne, gefördert hatte. Als die zwei Afrikaner einander schon gehörten, fragte Fatime: »Hast du Georgios über die Treppe hinuntergestoßen? Damit war doch nur ein Unfall, nicht der Tod bezweckt?«

Hassan aber erwiderte: »Ich habe seinen Tod gewollt.«

Da umschlang ihn die Nubierin noch einmal und sagte: »Ich bin deine Mitschuldige, es ist gerecht, daß ich dein geworden bin.« Dann aber trieb sie ihren Buhlen an, sich rasch fertig zu machen, da Angelus jeden Augenblick eintreffen konnte. Die beiden Geliebten gaben sich einen langen Abschiedskuß und gingen voneinander. Hassan fühlte sich als Mann, als Sieger! Wie froh war er, Georgios gemordet zu haben, denn ohne das Geständnis wäre er niemals der erste Geliebte Fatimes geworden. In den Abendstunden kehrte er in die Nähe des Hotels zurück. Fatime und Angelus entstiegen gegen elf Uhr einer Droschke. Es ging zur Brautnacht. Hassan wußte genau, wo Fatimes Fenster waren. Er hatte richtig ihre Lage berechnet, denn schon erhellten sie sich. Das Paar war eingetreten. Aufreibender Schmerz bemächtigte sich seiner; die Blicke versuchten durch die Scheiben dort oben, im zweiten Stockwerk, Unheil anzurichten. Schon einmal hatte er gemordet: Warum sollte er nicht seine Geliebte, die nun wirklich sein gewesen ist, dem feindlichen Bleichgesicht, dem Giaur, entreißen? Wie zum Aufschrei bereit, starrte er auf die blendende rechte Ecke, hinter der sich die zwei entkleiden mochten. Da plötzlich war sie nicht mehr. Wie weggezaubert, fehlten ihm die zwei schrecklichen goldnen Lücken im Dunkel der großen Fassade, und es war doch nur das einfachste geschehn: Man hatte das Licht ausgelöscht! Also nun umschlingt er sie, griff es Hassan ans Herz, Magen und Gedärm. Der Afrikaner schnellte sich gradezu in den Hausflur des Hotels, um hinaufzurasen. Die Glastür unter der Treppe merkte er nicht und stürzte hinein. Schon kamen Portier und Bediente des Hotels und halfen dem blutüberströmten Nubier, aufzustehn. Er hatte ein paar Schnittwunden erlitten, doch sie waren nicht allzu arg. Da man ihn im Hotel schon ein- und ausgehn gesehn hatte, forschte niemand nach, warum er so rabiat über die Treppe jagen wollte. Franzosen sind in solchen Dingen sehr verständig. Ein Dienstbote des Hotels wusch ihm die Wunden aus, brachte ihn in die Nachtapotheke, wo er verbunden wurde; dann durfte Hassan in seine Herberge gehn. Er sträubte sich auch nicht, tat willfährig, was das klügste war. »Nun ist es ja geschehn!« brummte, zerrte es ihm durch den Schädel.

Als Hassan am nächsten Tag, mit einem großen Pflaster auf der Stirn, den rechten Arm in einer Binde, auf die Straße ging, sah er gleich Riesenplakate, die schwarz auf bunt, den Abend der echten Afrikanerin, als »Afrikanerin« von Meyerbeer, ankündigten. Der junge Nubier hatte keine Gefühle, die man Eifersucht oder Haß nennen konnte; er wußte nur: Das Unheil überleb ich nicht. Sein Gift hatte er von Paris mitgenommen, es konnte in jedem Augenblick vom Liebesschmerz, mit dem bißchen Leben, das daran hing, befrein. Den ganzen Tag irrte, fegte er über Plätze und durch enge Gassen. In den Mittagsstunden wagte er es, dem Hotel zu nahn, obwohl ihm bangen mußte, daß man den dreisten Boy von dort sofort vertreiben würde. Doch es standen hohe Bäume vor dem Haus, in dem das geliebte Wesen mit einem gehaßten andern wohnte. Fatime und Angelus verließen das Hotel nicht. Vielleicht hatten sie Angst vor Hassan, von dessen Ungestüm am Vorabend sie recht bald unterrichtet wurden. Möglich ist es aber auch, daß Fatime bloß jede Anstrengung vor ihrem großen Abend scheute. Der dunkelte nun herauf. Doch in ihrem Zimmer hat man es besonders hell gemacht. Viele, viele Lampen und Lichter wurden hin und her geschwenkt, bis alle Gegenstände ins Theater gebracht waren. Fatime hatte herrliche Kostüme. Die meisten trug sie schon zur Generalprobe; doch Schmuck, Schärpen, ihr von Hermann verehrter Putz, waren noch im Hotel geblieben. Das Umkleiden der nunmehr großstädtischen Dame zu einer Wilden machte ihr Spaß. Die Vorstellung ging los. Fatime trat in die Öffentlichkeit – zum ersten Male –, doch ihr Erfolg war sofort groß. Stimme, Gebärdenspiel gefielen ausgezeichnet. Auch Vasco, ihr Angelus, sang vortrefflich. Nach dem ersten Akt war der Beifall ungewöhnlich groß. Blumen wurden gespendet, Garnituren, auch ein Bukett aus weißen Rosen: Sie sollen Tränen bedeuten. Hassan, der junge Nubier, hatte sie überreichen lassen. Fatime wußte das. Sie nahm die hellen Blumen und drückte sie an ihre schwarze Brust. Ein Blick auf Angelus bewies ihr, daß er nicht bemerkt hatte, wer der Geber war. Nach dem zweiten Akt bat Hassan dringend, auf die Bühne gelassen zu werden. Die Szene des Überfalls auf das Schiff hatte ihn aufgeregt, er fühlte sich als der stürmische Anführer. Man wollte ihn aber nicht gewähren lassen. Doch er ließ Fatime eindringlich bitten: Und sie, berauscht durch ihren Erfolg, wollte ihm die Freude schenken. Hassan reizte es, Angelus zu töten, doch noch hatte der junge Afrikaner so viel Berechnungsfähigkeit, daß er sich sagen konnte: Du, Hassan, wanderst ins Zuchthaus. Fatime wartet abermals auf Jährung des neuen Trauerfalles und nimmt dann einen andern. – Als Fatime endlich unterm Manzanillabaum, in dem es keine Nachtigallen gibt, ihr Lied sang, durchzuckte es den jungen Nubier: ›In Europa!‹ Er verstand den Sinn, der in dieser einzigen Vorstellung liegen mußte. Der farbige Tropenvogel Fatime war zur europäischen Nachtigall geworden, durfte mit weißen Männern Liebesgezwitscher tauschen. Er ertrug es nicht. Der Manzanillabaum kam ihm als Deckung vor, wie die Bäume vor dem großen Hotel, mit den grausam erhellten Fenstern. Er duckte sich hinter ihm. Und als die Oper zu Ende gehn sollte, Fatime, an die herrliche Pflanze des Südens gelehnt, an ihrem Wollustduft vergehn sollte, öffnete er, ohne erblickt zu werden, das Fläschchen mit Blausäure. Fatime mußte so tun, als stürbe sie; Hassan selbst wußte nicht, ob sie nun wirklich tot war. Ihn selbst aber hatte sofort Schwindel hervorwirbelnde Übelkeit gepackt. Er stürzte zur nächsten Stiege; stürzte, vom Gift getroffen, über sie hinunter, blieb tot liegen – wie dereinst Georgios, sein Opfer in der Kurfürstenstraße in Berlin.

Über tredition

Eigenes Buch veröffentlichen

tredition wurde 2006 in Hamburg gegründet und hat seither mehrere tausend Buchtitel veröffentlicht. Autoren veröffentlichen in wenigen leichten Schritten gedruckte Bücher, e-Books und audio-Books. tredition hat das Ziel, die beste und fairste Veröffentlichungsmöglichkeit für Autoren zu bieten.

tredition wurde mit der Erkenntnis gegründet, dass nur etwa jedes 200. bei Verlagen eingereichte Manuskript veröffentlicht wird. Dabei hat jedes Buch seinen Markt, also seine Leser. tredition sorgt dafür, dass für jedes Buch die Leserschaft auch erreicht wird.

Im einzigartigen Literatur-Netzwerk von tredition bieten zahlreiche Literatur-Partner (das sind Lektoren, Übersetzer, Hörbuchsprecher und Illustratoren) ihre Dienstleistung an, um Manuskripte zu verbessern oder die Vielfalt zu erhöhen. Autoren vereinbaren direkt mit den Literatur-Partnern die Konditionen ihrer Zusammenarbeit und partizipieren gemeinsam am Erfolg des Buches.

Das gesamte Verlagsprogramm von tredition ist bei allen stationären Buchhandlungen und Online-Buchhändlern wie z. B. Amazon erhältlich. e-Books stehen bei den führenden Online-Portalen (z. B. iBookstore von Apple oder Kindle von Amazon) zum Verkauf.

Einfach leicht ein Buch veröffentlichen: **www.tredition.de**

Eigene Buchreihe oder eigenen Verlag gründen

Seit 2009 bietet tredition sein Verlagskonzept auch als sogenanntes "White-Label" an. Das bedeutet, dass andere Unternehmen, Institutionen und Personen risikofrei und unkompliziert selbst zum Herausgeber von Büchern und Buchreihen unter eigener Marke werden können. tredition übernimmt dabei das komplette Herstellungs- und Distributionsrisiko.

Zahlreiche Zeitschriften-, Zeitungs- und Buchverlage, Universitäten, Forschungseinrichtungen u.v.m. nutzen diese Dienstleistung von tredition, um unter eigener Marke ohne Risiko Bücher zu verlegen.

Alle Informationen im Internet: **www.tredition.de/fuer-verlage**

tredition wurde mit mehreren Innovationspreisen ausgezeichnet, u. a. mit dem Webfuture Award und dem Innovationspreis der Buch Digitale.

tredition ist Mitglied im Börsenverein des Deutschen Buchhandels.

Dieses Werk elektronisch lesen

Dieses Werk ist Teil der Gutenberg-DE Edition DVD. Diese enthält das komplette Archiv des Projekt Gutenberg-DE. Die DVD ist im Internet erhältlich auf **http://gutenbergshop.abc.de**